不会老的女子

若溪　著／摄

浙江文艺出版社

图书在版编目（CIP）数据

不会老的女子 / 若溪著摄 . — 杭州：浙江文艺出
版社 , 2018.1
ISBN 978-7-5339-5181-8

Ⅰ . ①不… Ⅱ . ①若… Ⅲ . ①散文集—中国—当代
Ⅳ . ① I267

中国版本图书馆 CIP 数据核字（2018）第 002546 号

责任编辑　罗敏波
装帧设计　水　墨
责任印制　朱毅平

不会老的女子
若溪　著 / 摄

出版发行　浙江文艺出版社
地　　址　杭州市体育场路347号
邮政编码　310006
网　　址　www.zjwycbs.cn
经　　销　浙江省新华书店集团有限公司
制　　版　浙江新华图文制作有限公司
印　　刷　浙江新华数码印务有限公司
开　　本　880毫米×1230毫米　1/32
字　　数　110千
印　　张　6.75
版　　次　2018年1月第1版　　2018年1月第1次印刷
书　　号　ISBN 978-7-5339-5181-8
定　　价　35.00元

天堂和地狱都在你心里

三毛曾在《万水千山走遍》里说过："人生又有多少场华丽在等着，不多的，不多的，即使旅行，也大半是平凡岁月罢了。"

从三毛的嘴里说出这句话，曾令我十分诧异。看过《撒哈拉的故事》的读者都知道，三毛在书中写了很多闻所未闻、见所未见的异域风情，许多的始料不及和伉俪情深。总以为她的每天都是惊心动魄或甜甜蜜蜜的，其实，她只是摘录了其中最吸引人或最温暖的小细节和小篇章而已。

无论何时何地，无论是黑人、白人还是黄种人，平常的日子包括在国外游走的日子大多是波澜不惊、相差无几的。

"外面的世界很精彩，外面的世界很无奈……"光是听到精彩，就觉得激动，可事实呢？陈丹燕曾经写道："我永远记得第一次离开家，抵达澳门后，一个人到了住处，关上门，突然，世界安静了也落寞了，那一刻我突然意识到，在哪里生活都是一样的。房子里面的摆设相差无几，床、冰箱、书桌……让我恍惚还以为身在上海。"

是的。人总在寻寻觅觅，希望有不一样的感悟和体验，希望打破原有的平淡和惯常，但无论你怎么做，剥去形形色色的外在，内核其实基本是一样的。

所以，语言大师林语堂所追求的生活最是简单。他说，平安祥和就是福。在他看来，所谓的福是这样的：睡在自家的床上，吃父母做的饭菜，听爱人说情话，跟孩子做游戏。在林语堂眼里，简单，就是一种福分或者福气，它跟财富地位无关。

事实上，心存宁静，平常日子也能过得喜乐甜蜜；心无所依，即使每天游山玩水，也一样愁绪满怀。

所以，天堂和地狱都在你心里。

目录

问情为何物

走婚的诱惑

婚姻的真相

边走边遗忘

吃得苦中苦

切莫人比人

珍惜每一天

问情为何物

- ◎ 爱的征候
- ◎ 爱能不能永恒
- ◎ 爱——生命的甜点
- ◎ 得不到的总是最美的
- ◎ 爱上一个不回家的人
- ◎ 女人和黛青色
- ◎ 天涯何处无芳草

爱的征候

何谓爱？

爱，就是有人愿意听你讲一切与你有关与他或她自己毫无关系的事情，哪怕是很久远或很无厘头的事，这就是所谓的爱屋及乌吧。

爱，就是很在乎你是不是开心，是不是有烦恼，是不是会吃亏。愿意听你哭，听你笑，甚至说毫无意义的废话。

爱，就是愿意为对方掏腰包，且付出时有一种由衷的快乐；也可以心安理得地接受对方的付出，觉得一切都理所应当。

爱，就是愿意一起玩，一起疯，一起看很幼稚的节目还觉得津津有味，而这些活动如果一个人可能根本就不屑于去玩。

但这种爱说到底还是处在激情时期——

因为只有在相互抱有新奇感、新鲜感的时候，才会没有选择，做任何事都不假思索。所以人们都说，恋爱的时候智商都是很低的。等到激情消退，理性就慢慢恢复，于是，该厌倦的还是厌倦，该不屑的还是不屑，该审美疲劳的还是会审美疲劳。人的喜新厌旧的本能总是会占上风。

最终，两个人能够持久相吸引，还是要三观一致：世界观、人生观、价值观基本一致。彼此有共同语言，即便有矛盾冲突，也能很快消解。

也有些男女，虽然三观不一致，但在激情期就领证结婚，组成了家庭，还有了孩子，虽然也相安无事地度过了一生，但往往是一方忙于工作和事业，出于责任心会兼顾家庭，却很少与另一半亲密相处、深入沟通，总会找各

种借口逃避家庭生活和两个人单独相处的时光，而另一方则往往比较会忍让，最终习惯成自然。

所以，有了爱的征候，是恋爱的第一步，能不能携手步入婚姻的殿堂，还要假以时日。等到审美疲劳期过了，若还愿意在一起，还有很多的共同语言，那才是生命中的最理想的另一半。

爱能不能永恒

爱能不能永恒？古今中外几乎每个男女都曾经为这个命题纠结过。其实，爱能不能永恒，要看如何理解爱，如何理解永恒。

如果爱仅仅是指那种白热化的完全忘我的投入，如果爱指的是一直会有的疯狂和痴癫，那么，我们说，爱是不能永恒的。因为，正午的太阳只有正午才有，盛开的花朵也总是为时不长。

很多女性都会十分怀念热恋的时候，那时，他对自己有求必应，甚至无须开口，对方便会主动为你考虑周详。经常是他只要看你一眼，就知道你心里在想什么，因为，他的眼睛始终离不开

你，你稍一动作，他就能准确地作出判断。但这种状况是不可能持久的，时间一长，尤其婚后，审美疲劳了，目光还会整天追踪着你？不可能！哪怕你换了新的发型并穿了一条新裙子，他都可能毫无反应。

很多人说，感情是不可能永恒的，其实是说激情是不可能永恒的，因为激情是指在强烈的甚至非理性状态下的感情。试想，如果一个人总处在激情当中，这个人肯定是被自己烧着了，烧出病来了。

都说婚姻是爱情的坟墓。确实，哪怕再相爱的男女，几十年在一起，也难免会审美疲劳。试想，让你每天只吃一种水果，或者只吃一种蔬菜，不出一个月，你肯定一看见这种水果或蔬菜就会反胃。所以，夫妻能够一辈子在一起，白头到老，真的是很深的缘分，一种地

老天荒的修行。

虽然有很多夫妻是凑合着过日子，把寡淡甚至冷漠变成习惯，但是绝大多数夫妻，天长日久，一起经历的事情越多，一起承受的磨难和坎坷也越多，他们相互支持和依赖，相互帮助和慰藉，知道对方的痛点和软肋，知道对方最爱和最在乎的，感情越来越牢固了。共同生活了几十年，他一蹙眉，你就知道为什么；她一投足，你就知道想去哪里。两个人已经差不多变成一个人了。

一旦爱情变成亲情，便是你离不开我，我也离不开你。举案齐眉是爱，相互关心和牵挂是爱，拌嘴和挑刺也是爱，看起来爱得有点麻木，有点平淡，甚至有点蛮不讲理，但是一旦失去了就撕心裂肺，正好像自己身体的一个器官突然缺失或者坏掉了一样。

所以每个人都要学会随遇而安，顺其自然，处变不惊。有激情的时候享受激情，没有激情的时候安享平静。就像大自然有高山，也有平原，有湍急的河流，也有缓缓流淌的小溪。

爱
——生命的甜点

"爱醒了，生命也深了。"

少年不识愁滋味的时候，读到这
句话，似懂非懂，心里却有一种莫名
的震撼，生命难道有深浅吗？爱与生
命的深浅有关吗？

长大了，爱过了，才知道这句话
的分量。生命其实是一个过程，这一
过程如果没有被爱照亮过，就像一条
从未被启用过的铁路线，只是一个无
谓地延伸在大地上的符号而已。

当然，爱是广义的。对父母、对
儿女的爱，对民族、对国家的爱，对
周围甚至异国他乡的人们的爱，还有
对宗教信仰的爱，等等。有了爱，你
就不至于走到一半就不想活了，或者
活着却总是在诅咒生命。

人生苦多甜少，而爱就是上帝
抛给芸芸众生的一道甜点。因为这
道甜点，你会乖乖地活着，而且要
活得像个人样，有出息，有魅力，
有生气，因为这样才会有人爱，才
对得起你爱和爱你的人。

得不到的总是最美的

　　林徽因是多少男人的梦中情人？可以说数也数不清，而且超越了时代，历久弥新。

　　她多愁善感，多才多艺，多情而又不失稳重，活泼可爱而又张弛有度，而且又恰巧温柔娴静，美若天仙。这样一个女子，任男人再怎么想象都不为过。

　　徐志摩为她着迷，并且为了她，决绝到狠心地抛弃同样才貌双全、出身名门的发妻，还为她写下了许多动人的情诗。

偶　然

我是天空里的一片云
偶尔投影在你的波心
……

你　去

你去，我也走，我们在此分手；
你上那一条大路，你放心走，
你看那街灯一直亮到天边，
你只消跟从这光明的直线！
你先走，我站在此地望着你，
放轻些脚步，别教灰土扬起，
我要认清你的远去的身影，
直到距离使我认你不分明，
再不然，我就叫响你的名字，
不断的提醒你有我在这里，
为消解荒街与深晚的荒凉，
目送你归去……

缠绵悱恻，情深意长。

但最终，林徽因与梁思成结为夫妻。不知道是否因为她不忍心另一个女子因为她而受伤害，还是她隐隐觉得会为她而弃发妻于不顾的诗人激情燃烧得过于猛烈，以后也可能会烧到她自己。总之，她选择了梁思成，而不是徐志摩。

婚后，金岳霖出现了，痴迷到愿意为她不婚不娶，终日与她为邻，几十年如一日，甘愿做她的护花使者。

而林徽因也曾因此向梁思成坦言，自己同时爱上两个男人了。她痛苦到分不清该爱哪一个而向丈夫求救，直到丈夫说愿意遵从她的自由选择，才感动得不再纠结。

于是，金岳霖和梁思成成

了好友。金岳霖终身未娶，没有留下子孙，最后是林徽因与梁思成的儿子梁从诫为金岳霖送终，而梁从诫也都一直都叫金岳霖金爸。1984年，年近九十的金岳霖去世，梁从诫夫妇料理了他的全部后事。金岳霖被安葬在了梁思成和林徽因的墓旁。

一生与三个声名卓著的男人难分难解，这样一个女子无论如何都要被后人说三道四了。

我想，多情也许不是林徽因的错，老天生就她人见人爱的容颜、气质和才情，要她不多情也难。多情而又要止乎礼，要自制，她应该也很受累吧。

其实，林徽因是不是风情女子，都只是别人的评说而已，她只是做了回自己，甚至还不是完全真实的自己。

我们每个人看到的都不一定是真实的，更何况连自己也说不清的内心。大千世界，你来我往，前赴后继，其实最终内心的世界都没有太大的差别，只是显一点隐一点而已，说了与没说而已。

人生的况味和感悟最是道不清说不明，但其实本质都是一样的。

爱上一个不回家的人

伏尔泰说，人的本能是追逐从他身边飞走的东西，却逃避追逐他的东西。张爱玲说，人总是娶了白玫瑰，就想念红玫瑰。真是怎一个贪字了得。

有一个朋友的丈夫，总是拈花惹草，夜不归宿，并因此受到开除公职的处分。朋友无怨无悔地为他到处求情，到处打点，最后丈夫恢复原职。但是他很快又重蹈覆辙，日日三更半夜才归。但她对他还是情深意切。她自己好歹也是一个女强人，但只要跟他在一起，立马变成了小女人，甜腻得很。

一直很想不通。后来看到一个网友写道：别随便嫌弃一个女生幼稚，她要是不喜欢你，比你妈还成熟。

是呀，恋爱中的女子是愚蠢的，但她不是真的愚笨，是心甘情愿被欺骗甚至欺负。因为相对于失去他的陪伴，哪怕是三心二意的，她宁可失去金钱和名誉。她的天平与别人不一样。

从某种意义上说，她也是为自己活着。

那又有什么好说的呢？她也是痛并快乐着。

女人和黛青色

　　一位颇有文学修养的男士说，他最喜欢黛青色，也最喜欢黛青色一般的女人。

　　是的，黛青色是很沉静而耐看的。

　　它是雨过天晴或夕阳西下时西湖远山的颜色，那时，湖对岸的远山衬着一片乳白色的柔和背景，层层叠叠的山峦间蓄着些朦朦胧胧的雾气，弥漫出无限的温情和神秘，隔着一大片湖水望去，这时的山色是任何丹青高手都难以描摹的，娴静、曼妙，如梦幻一般，那就是黛青色。

　　黛青色一般的女人自然是尤物了，她雅洁而柔静，清丽而带一点神秘，令人百看不厌。所以，有的男人很迷恋这种女人。有时自以为找到了，徘徊流连在她周围，但一旦靠近，却又大失所望，因为神秘的面纱揭去后，颜色渐渐走样，甚至面目全非。于是，他们茫然，他们失落，他们觉得自己好像被欺骗了。

其实，黛青色是永远无法把握和持久的，它是自然界在特定时分、特定地域，由光影、水汽加上一定的距离而创作出的一种幻影，就像海市蜃楼一样，只给人片刻的愉悦和惊喜。

有些女人，当她离开灶台，放下手中的杂务和林林总总生活的羁绊后，在一个晴日的黄昏，捧起诗集，在湖边静静地阅读，这时，四周是如诗如画的秀山丽水，而她就像是点缀在画中的一道最迷人的风景。

但是，生活毕竟是世俗的，女人也不是诗篇，她有时是黛青色的，但更多时候却是很单调的青色、蓝色甚至灰色。

当然，如果心里葆有那一种对美的追求和美的感觉，也是一种意境和享受。就像有空闲的时候，一家人早早地吃过晚饭，步行到西湖边，观赏那远山的娴静和神秘。

天涯何处无芳草

朋友来电话哭哭啼啼的，问了半天才知道是男朋友变心了，而她一直把他当作最爱，实在不明白，为什么男友这么狠心？

我劝了好久，后来也累了。挂断电话，一个人静下心来想。

感情是什么？不是不锈钢，不是磐石，更不是一颗恒久远的钻石。感情是流动的水，一个人不能踏进同一条河流，因为河中的水一刻不停地在流动着。感情是飘浮的云，因缘际会而缠绕和融合在一起。一阵风吹来，就会被悄悄地扯拉，慢慢飘离了。

从哲学意义上说，变是绝对的，不变是相对的。当然，变有两种方向：一种是变得更交融、更和谐，更像是我中有你、你中有我地重新和过再重新捏过的泥人；另一种是变得疏离，变得陌生，甚至变得像仇人。

道理好懂，但感情却很难像水龙头一样随便开关。怎么办？其实也没有什么办法，失恋的人要拯救自己就必须面对现实。

其实既然他或她已经不爱你了，你还不如去爱一只猫、一只狗、一件你自己喜欢的衣服，甚至一个好枕头。至少宠物会给你温暖的回馈，当你回家时摇着尾巴欢迎你，出差回来时更会惊喜激动地用舌头舔你，恨不得把整个身体融化在你的怀抱中。衣物虽说并无感情，但一件自己看中并能显出美丽与气质的衣服穿在身上总能让你感觉神采飞扬。

一个好枕头更会贴心地呵护你的脑
袋，让你舒舒服服地睡一个好觉，
做一个好梦。

　　因为如果对方对你没感觉了，
你还想着他（她），念着他（她），
并因此恨着对方或者恨着对方的新
恋人，于是委屈、痛不欲生。结果
呢，也许是大病一场，也许从此郁

郁寡欢，人家那边是新人窃笑，心花怒放，你自轻自贱，生不如死。谁来怜惜你？谁来慰藉你？让对方同情你，给你一点点安慰？那又能改变什么呢？

自己振作起来，看天空多蓝，太阳多暖。如果是下雨天，也很好呀，听着若有若无的淅沥的雨声，拉上窗帘，放一段轻松舒缓的音乐，给自己泡一杯不太浓也不太甜的咖啡——太浓了影响睡眠，太甜了会发胖。用一个大大的靠垫包裹住自己的背，然后在床上看闲书，翻杂志。或者拿着遥控器选台，不要太专一哦——想选什么节目就选什么节目，一直选到自己最喜欢的，然后好好欣赏。或者把自己打扮得漂漂亮亮的，涂上淡淡的口红，逛街去。

天涯何处无芳草，对男性来说如此，对女性来说也一样。错过了星星，或许就迎来了月亮。人生的快乐其实有很多很多，何必把所有的希望都寄托在一个人身上。

走婚的诱惑

◎ 暧昧在同学会上飘浮
◎ 不要担心找不到爱
◎ 该放手时就放手

◎ 所谓的"心如止水"
◎ 张扬原始的爱的能力有错吗?
◎ 走婚的诱惑

暧昧在同学会上飘浮

　　有一种暖暖的淡淡的几乎
无法察觉的暧昧，在同学会上
飘浮……

　　因为是同学，因为当着众多
同学的面，甚至还有自己的老公
老婆（同学成了夫妻，所以一起
参加同学会）的面，所以这一种
暧昧很隐蔽，很淡雅，带着一丝
久远的青涩和难得相聚后努力抑
制的感情波澜。唯独没有逢场作
戏的那种庸俗和挑逗。

因为没有利益的纠葛，因为关乎初恋——甚至说不上初恋，只是一种朦胧的情感，青春期最最纯洁的情愫，它总是被深深地压抑着，总是得不到回应，因为很可能根本就没有呼唤过，只是远远地很小心地怕被人发现，于是像做贼似的注视，偶尔鼓起勇气快速地瞟一眼，就已经很满足了。

这种感情一般是不敢与人说的，但总是想方设法把话题引到他或她身上，有别人一提起他或她的名字就全神贯注地竖起耳朵倾听。

如今都已经老了，双鬓染霜，小腹微微凸起，但是那种感情似乎越陈越香，一直没有远离。因为在社会上打拼了几十年，心底的柔软越来越少，甚至都开始长茧了。蓦然回首，时光倒转，那一幕幕却突然瀑布似的劈头盖脸地倾泻下来，把你深深淹没——那些久违的"曾经"一幕幕展现在眼前……也许是深情的一瞥，也许是惊慌的牵手，也许是相互讨论辩说时的惺惺相惜。

人到中年，黄土埋了半截，上有老，下有小，自己还得苦苦打拼，这个时候借着同学会感受一下温情，真的很奢侈也很难得。

不要担心找不到爱

有一个朋友原来是知名企业家的妻子，丈夫为了事业长年外出，夫妻关系渐渐淡漠，后来分居多年，终至离婚。

外面的世界很精彩，杰出企业家总不乏年轻的追求者和爱慕者，他们夫妻的感情原来就比较脆弱，自然就特别经不起考验。

于是，朋友就变成了一个地地道道的独居的富婆：一个人住一大套豪华公寓，有一辆汽车和几百万元的存款。她又会理财，理财所得比一般工薪阶层的收入还多。

但是孤独啊，偌大的房子空荡荡的，连个说话的人都没有。即使买了好看的衣服，做了很好看的头发，也没人看。我们都劝她再找一个，她自己也很有心，很希望有可以交往的男性，但就是找不好。

她身材窈窕，面容姣好，穿衣打扮很有品位，而且很会居家过日子，尽管有钱但还是精打细

算。按理找一个男人应该不难，但是
她的钱财无形中给她设置了障碍。

假如她找了经济条件不好的，她
要贴钱，还要一起做家务，她觉得亏
了。假如是条件好的，可能不在乎她
拥有的物质财富，却往往希望找个甜
美可人、对他依赖的，或者年轻一
点的。

她像一艘被搁浅的船，更像一
朵慢慢枯萎的花，再怎么打扮，眉宇
间的憔悴总是无法抹去，就像长时间
没有浇水，也没有光照。又像一件高

档的衣服，虽然很新，但因为被一直压在箱底而有些过气，带点泛黄的斑痕。

还有一些受过伤害的女子，根本就断绝了再婚的念头，从此视婚姻为畏途，总觉得天下的男人都靠不住，还是自己一个人过逍遥。也确实有不少女性，把独身的日子过得有滋有味、丰富多彩。

现代社会，选择是多元的，每一种生活方式都有其独特的别人所不知道的美好。

但还是想说：人世间最美好也最不缺少的是爱情。

哪怕你已经七老八十，哪怕你长得并不美丽，你也不必担心爱情会离你而去。因为世界上最不缺少的就是人，而每个人都是会追求爱情的，只要你有那么一点点善良，那么一点点幽默，那么一点点聪慧，那么一点点气质，那么一点点烹饪的手艺或勤俭持家的能力，那么一点点积极付出的勇气和胆魄，你都可以吸引到异性与你共同生活。

谁能说你一样都没有？不会的。所以不用担心爱你的人在这个世界上灭绝了。除非你太贪，既要钱，又要事业，还要舒适不付出，还要对方身材外貌和内在素质俱佳。

所以，找不到爱往往是你不肯去爱。

该放手时就放手

雪纷纷扬扬地下着……

在灯下读着张学良和其前妻的故事，不知是温暖还是寒冷。

总觉得张学良的原配于凤至太痴太执着。这位富家千金，财商、智商和颜值都很高，时时处处为丈夫着想，亲自张罗着把丈夫的红颜知己、自己的情敌赵一荻迎进家门，虽然是另一处院落。西安事变后，由于自己要去看病，又亲自把赵一荻送到丈夫身边照顾他的起居。

到了美国，几十年如一日，痴心等待丈夫与她相会，甚至把丈夫与赵一荻的爱巢都准备

好了，愿意与其一同侍奉丈夫，生活在这对拆不散的如胶似漆的情侣身边。但是张学良最终还是辜负了她的一片深情。千等万等，她六十岁的时候终于等来一封休书，告知她自己要与赵一荻结婚。

也许是因为旧时代的男子三妻四妾比比皆是，她公公就如此，她见多不怪；也许大张学良三岁的她对这个弟弟特别包容，他再怎么负她，她也能够原谅和宽宥；也许她很看重张家媳妇的身份，哪怕名存实亡，也不愿失去；也许跟张学良有过三个孩子的她，早已把张学良看作她生命中唯一的白马王子，哪怕张学良另有所爱，她也不肯割舍这份情感。

但是，最终，她连一个名分也保不住，连希望毗邻而居，在她的生活圈附近能经常看到张学良的身影也不能如愿。这对她的伤害不可谓不大。真可谓：我已一退再退，一等再等，你却就是不肯见我一面。

也许对张学良来说，也是迫不得已，他必须对一直不离不弃，而且已经育有一子的红颜知己有一个交代。更何况，于凤至是他父亲硬塞给他的媳妇，他父亲当时就说过，媳妇人选不由张学良决定，他不喜欢可以在婚后把媳妇交给老妈，自己潇洒去。

所以，于凤至的结局其实从结婚伊始就已经定下。早日撒手，给张学良和赵一荻自由，也给自己自由，这也许才是最好的结局，至少不会日日夜夜被寂寞和醋意折磨。一个女人，明知丈夫几十年如一日与红颜知己相知相守，说心里没有一点波澜，没有一点失落，是绝对不可能的。

一个如此聪慧美丽的女子，何苦把自己的一辈子系在远在天边、日夜与情人相伴的影子丈夫身上？实在为她扼腕叹息！

是愚忠，还是找不到可以托付感情的心上人？其

实，只要放下身段，作为一个女子而不是张学良的夫人，年轻轻的气质美女怎么会没有中意自己的人呢？

应该说，张学良早就给予了她自由，她硬是要作茧自缚，弄得张学良还不好意思地明明白白做了"不仁不义"之人。

尼采说，一个人知道自己为什么而活，就可以忍受任何一种生活。也许她是认定了自己是张学良的妻子，张家的大媳妇，所以不管张学良如何待她，她总归要尽到自己的职责，说她愚忠也许更贴切些。

《开到荼蘼》中说，能够说出来的委屈，就不是委屈。能够被抢走的爱人，便不是爱人。她是真的委屈呀，哪怕是与另一个女子共事一夫，也难以如愿。她也是真的悲凉呀，也许在张学良的心里，她实在是没什么分量。

也许感情世界里永远没有机会均等和公正公平，关键看自己的抉择。是苦守还是放手？是痴心等待还是重新寻觅？只能说性格生就，难以改变。

所谓的"心如止水"

有一天，看到一个网名，叫"我心已如止水"。心里咯噔一下，因为这名字暗示或者透露了很多的曾经：

曾经的壮怀激烈，曾经的踌躇满志，曾经的郁郁不得志，曾经的把酒问青天，或者曾经的海誓山盟，曾经的如胶似漆，曾经的花前月下，曾经的因为失恋而要死要活、生不如死……

如今，时间似乎使伤口愈合了，

便觉得心如止水，平静得不起一点波澜。只是隐隐地有一点点绝望、一点点失落、一点点伤感，也有一点点彻悟后的安详和欣慰。

只是真的永远会心如止水吗？

人总是认为自己彻悟了，总是认为曾经沧海难为水，其实，一切的感觉都是阶段性的，你以为自己心死了，遇到火苗还是会着的，只是烧得不那么快、不那么野罢了。

事业心强的，不管男女，刚才还牢骚满腹，心灰意懒的，突然有了新的机遇，或遇到赏识自己的领导，很快就选择东山再起了，甚至不需要三顾茅庐。

至于男女之爱，对绝大多数人来说，也是很难完全绝缘的。虽说曾经沧海难为水，但什么才是沧海，相信很多人都说不清楚。不少电影明星的变化最快了，刚刚传出离婚的新闻，悲痛欲绝的，当人们还在津津乐道于他们曾经的爱恨情仇的时候，又很快被拍到新的恋情。想想也是，他们经常要

扮演恋人、情人，而且要有真实感，要先感动自己然后才能感动别人，烈火干柴，男女授受，不亲也难。在一起拍影片几个月甚至经年，俊男靓女的心又死灰复燃，也属正常。

当然也有因此遁入空门，削发为尼的。她们很决绝，给自己断了后路，就像一颗种子，没有了生长的土壤，也就无从验证能不能发芽，所以她们心里的火种能不能被重新点燃，要看诱因的强大与否了。

所以，不要轻易说自己心如止水了。

自古至今，也确有人因情还俗，开始全新的生活。

张扬原始的爱的能力有错吗？

"如果爱是毒，可以上瘾，那么我就是那个沉迷其中的瘾君子。对于我来说，没有什么事情不可以为了爱而做，因为它是我最大的财富，同时也是我最大的弱点。"

这是在发廊剪头发时，顺手翻阅杂志看到的一段话，出自一位模特之口。文句有些不通，但意思很明白。杂志配了模特的照片，她眼放异彩，明亮得像刀片似的，尖锐锋利，很勾人。同一期杂志上，有主编卷首语，题目是"像企鹅一样多些坚持"，写道："有些事可以不坚持，但不能放弃的有两种，最要坚持的是事业，还有是相信真爱，保留原始本色的爱之能力。"与那位模特的话异曲同工，真是什么主编定什么调！主编也有照片，涂着血红的唇膏，嘴唇微微张开，透着满满的欲望，半露的锁骨明显，一看就是瘦骨嶙峋的，让人联想到举着长矛的斗士。

　　细细体味"保留原始本色的爱之能力"，越想越觉得背脊冷飕飕的。原始本色的爱，该是不受道德约束的，完全听凭生物性的需求和渴念。相比那些认钱不认人、有奶便是娘的拜金行为，还有那些不敢大胆追求爱情、作茧自缚的保守做派，追求原始本色的爱也许更前卫、更时尚，甚至更有人情味，但同时又是更具破坏力的，而且这种能力越强，破坏力和杀伤力也越强。她可以不顾一切地爱上有妇之夫，全然不顾对方妻儿的感受和处境，她也可以在爱情褪色以后头也不回地挣脱一个为了她而妻离子散的人。你能说她功利吗？不能。你能说她庸俗吗？不能。她跟这些都不沾边，可她们为了爱不管不顾的冲劲和丰富的情爱经历让人闻到了隐隐的血腥味。

也许对一些年轻人来说，这种观念很正常。每个人都有追求爱情的自由，都有被爱的自由。谁让你做妻子的没有能力让丈夫一直爱你，一直对你有激情。或者说，谁让你现在变老了，反正你也年轻过，现在失势也很正常呀。我也是有付出的，付出真的感情，付出青春，因此得到爱情，这很公平呀。再说了，就算我有些残忍，但我对爱上瘾了，又有什么办法呢？

听起来真是令人有些不寒而栗呢。

很多事没有是非。感情的事有是非吗？忠贞不渝是美好的，但大胆追求爱情，甚至见一个爱一个，做第三者或红杏出墙的不是也有成为绝唱的吗？现实生活中有赵四小姐与张学良，世界名著中这样的例子更是比比皆是，《安娜·卡列尼娜》《红字》，甚至《茶花女》，博得读者多少同情的眼泪。更何况有"没有爱情的婚姻是不道德的婚姻"等等说法，真是让人越想越糊涂。

观念这东西，也许没什么道理好说，每个人都会有自己的见地，关键是看你如何做才心安，才开心，才睡得着觉。如果为了爱可以不顾一切，或者不惜给别人带去痛苦和磨难，而又不觉得良心上受谴责，那还真是没辙。

走婚的诱惑

2005年9月，丽江。一游客放下行李，进了一家小小的咖啡馆，上了二楼，临街而坐，点了一碗纳西炒饭、一碗过桥米线。旁边好大一桌人在听一个三十出头、颇有风姿的女人说故事，原来她就是著名的"大狼酒吧"的老板娘。

大狼是摩梭男人，老板娘那会儿是从广东去泸沽湖旅游的。两人经过几天的接触，互生情愫。她从香格里拉旅游回来又找到大狼的村子，想跟他在一起。可大狼当时还有一个走婚的摩梭女孩对象，所以闭门不见。几天后，大狼终于投降，去找这个广东女子。于是他们结了婚，还生了个儿子。再然后，就在丽江古城开了间酒吧，渐渐地就在网上出名了。他们各自带旅友团旅游，都没闲着。

老板娘讲完了故事，末了道："我跟他（大狼）说，还是你们摩梭人的走婚方式好。过几年我们离婚，各人都还是走婚吧。他说，再说吧，好像不愿意。"

——这是在网上看到的一则博客日记的缩编。

大半年以后，2006年夏，我在家里看电视，正好看到记者采访他俩的节目。大狼挺俊朗，五官棱角分明，看上去颇为温和质朴。他很健谈，颇有思想，又挺真诚，讲起话来不急不躁，怪不得被城市来的女大学生看上。但是不知为何，神情有些隐隐的落寞。女子的身材和脸略显丰腴，猛一看，像寻常的家庭妇女，但五官还是蛮精巧的，肤色也白皙，言行举止中看得出挺自信，很爽朗果敢。她说对于她的婚恋，父母都反对，甚至一度与她断绝来往，有了小孩后父母才重新接纳她。

采访中，她很肯定地说，还是走婚更符合人性，所以她和大狼已经商量好，加入走婚的行列。当然，他们仍然是相爱的，只是不会再受婚姻的约束。

真是令人感慨万千！我不由得想到了"专一"这个词。

无论是恋爱中，还是婚后，无论男女，哪个不希望自己的另一半对自己是专一的？不专一，就免谈！不专一，就离婚！是啊，谁愿意跟一个朝三暮四、同床异梦的人在一起呢？

但专一又是最难的。专一往往是有条件的或是无奈的：在某个时段，当你全身心地爱着某个人，也被对方深深地爱着的时候，你是专一的；当你的工作压力和生活压力很大，你没有闲暇和心思去关注周遭一切的时候，你是专一的；当你自己不是魅力四射的人物，身边也没有特别吸引你的，尤其是没有主动投怀送抱的异性时，你是专一的；当你有孩子绕膝，而且知道你不专一可能会给自己带来毁灭性的后果，如在单位里抬不起头来、仕途受挫、妻离子散、财产损失时，你会是专一的。

　　但不专一却是天性使然。婚姻是一对一的制度安排，但感情却是海阔天空的，于是五花八门的婚外情就悄然滋生了。

　　赵四小姐是幸福的，与张学良终身相伴；杨贵妃是幸运的，虽然被赐死，但唐明皇日日夜夜思念她。可惜这样的千古绝唱是特殊的境遇造成的，才胜却人间无数。张学良如果身边有很多风月场上的交际花、美女记者环绕，谁能保证不会有第二个赵四小姐出现？唐明皇如果不是年事已高，一个杨贵妃已让他满足做父亲、做老公、做情人的多重感情需求，要让他那么专情，恐怕是很难的。更何况最后他还是亲手把她送上了断头台——尽管是迫于无奈。"霍乱时期的爱情"发生在一条不再靠岸的船上，否则岸上美女如云，帅哥比肩，岸上邂逅多多，浪漫处处，到了岸上谁都不知道会发生什么。

　　可也有丽江的广东女子主动地要求回到岸上，主动给自己和丈夫松绑，真是让人刮目相看。

　　不知道他们现在过得可好？

附：据说，在美妙绝伦的泸沽湖边，摩梭人至今仍保留着母系氏族的生活方式，遵循"男不婚，女不嫁"的"阿夏"走婚习俗。那独特的婚姻，自然而原始的民俗风情，为这片古老的土地染上了一层神秘而美丽的色彩，这里也被称为神奇的东方女儿国。

过去，摩梭人不论男女从十三岁举行成人礼开始，就可以走婚，现在已经改为十八岁。所谓走婚，即只要男女双方情投意合，男方就可以去女方家过夜，却不举行婚礼，也不在女方家居住，每晚十二点以后才可以爬进心爱的阿妹的房间，还要在第二天天亮之前离开。他们彼此之间称对方为"阿夏"和"阿注"，始终是情人关系。不用领结婚证，不住在一起，所以就没有柴米油盐等生活琐事，没有像汉族那么复杂的夫妻、婆媳及妯娌关系，吵架就会很少。

摩梭人的"阿夏"婚姻没有法律的保障，维持它的基础是感情和传统的道德观念。一旦感情破裂，不需办任何手续便可分道扬镳。在这里，一切似乎都变得简单。

婚姻的真相

朴实与浪漫

一般说来，朴实的人不浪漫；浪漫的人不
朴实。感情特别丰富的容易滥情，朴实的人则
从不随便牵手，更不随便放手，所以朴实的人
总是被浪漫的人伤害；而浪漫的人感情丰富，
很容易一见钟情并沉迷其中，所以不仅会被别
的浪漫的人伤害，也会被自己伤害。

徐志摩的前妻张幼仪，才、貌、德俱全，
相貌美丽端庄不说，无论学业还是事业也都样
样出彩。生下孩子后，忍受着被徐志摩狠心抛
弃的伤痛，进入裴斯塔洛齐学院深造，专攻幼
儿教育。回国后办云裳服装公司，担任上海女
子商业储蓄银行副总裁，均大获成功。最难能
可贵的是，她回国后仍以义女身份服侍徐志摩

的双亲，精心抚育她和徐志摩的儿子。台湾版的《徐志摩全集》也是在她的策划主持下编纂的，为的是让后人知道徐志摩的著作。

但无论离婚前还是离婚后，甚至徐志摩死后五十多年里，张幼仪从不漏一点儿口风。1988年，张幼仪在纽约去世，享年八十八岁。她的侄孙女张邦梅于1996

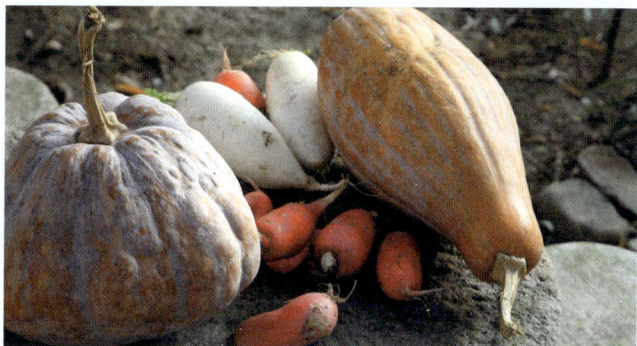

年9月在美国出版了英文著作《小脚与西服：张幼仪与徐志摩的家变》，后人才知道背后的故事。

她自己也曾说过，在徐志摩一生当中遇到的几个女人里面，"说不定我最爱他"，因为她对徐志摩的爱是没有任何附加条件的，甚至不管徐志摩爱不爱她。

而诗人徐志摩则义无反顾地爱着林徽因和后来的妻子陆小曼。徐志摩为林徽因深深痴迷倾倒，并因此创作了无数激情澎湃的爱情诗，还在林徽因嫁给梁思成后，为赶赴林徽因演讲会而遭逢坠机事故遇难。

徐志摩爱上有夫之妇陆小曼并毅然与其结合后，由于陆小曼出身名门，花钱大手大脚，又吸食鸦片，爱好交际，他不得不同时在三所学校讲课，课余还赶写诗文，以赚取稿费。1930年秋，徐志摩索性辞去了上海和南京的职务，应胡适之邀，任北京大学教授，兼北京女子师范大学教授，以挣家用。仅1931年的上半年，徐志摩就在上海、北京两地来回奔波了八次。当时人均年薪为五块大洋，而徐志摩一年即可挣到几百大洋，但是即便如此，仍然满足不了家庭的花销。

所以，他短暂的一生，可以说是因浪漫出名，也被浪漫所累，误了张幼仪，误了王赓(庚)，甚至也误了林徽因，更误了他自己。

好女人请自己珍重

多年不见的好朋友离婚了。我一直想不通，这么好的女子，算是百分百女人，温顺得像一只猫，眼睛总是带着笑意，体贴起人来像随风潜入夜、润物细无声的春雨，为什么还会遭人弃？

一直想不明白，世界真的有点不公平。都说男人不坏，女人不爱。其实，现实生活中经常是：女人太贤惠，男人不爱惜。

为什么？不主动，少激情；很平淡，不刺激。

找不到对象的好女子往往是乖乖女，不太自信，或者不太张扬，她们就像幽兰默默地吐露芬芳，哪怕暗恋谁也羞于张口，哪怕心有所动也少有表白。于是不少好男人就不知道自己其实是被欣赏、被喜欢的，也就在惊鸿一瞥后擦肩而过，很快忘怀。偶尔想起也是像看到那黛青色的远山一样，总有那种遥遥相隔的感觉。于是，不少好女人一生不断被错过，甚至成了老姑娘，如幽谷寒梅，只能孤芳自赏。

已婚的好女人呢，在长长的一生中也有怦然心动的邂逅，但好女人怕打搅人家，不愿做第三者，于是从不越雷池一步。

而那种勇往直前、旁若无人的女子就不同了，她们就像一头浑身积蓄着野性和蛮力的狮子，用她们那充满欲望的幽深的眼神迅速地搜索着猎物，一旦锁定目标，就不顾一切地施展浑身的招数和魅力，她们从不想那些是非伦理，从不在乎他人的议论。她们的感觉就是一切，她们自信，她们兴奋，她们充满必胜的信心。她们就是女神，就是女皇。她们常常能很快地捕获猎物，常常能最终击败对手；于是，她们越来越

自信，越来越富有斗志，越来越
能得到男人的欢心——任何付出
总有回报。

很多好女子没有好归宿，终
其一生没有得到真正的爱情；还
有很多男人家里妻子美丽贤淑，
外面却有一个相貌平平的第三
者，很多人觉得不可思议，做妻
子的更是想不明白，其实原因可
能很简单。

好女子，自己要珍重啊，老
天有时真的不是那么公平的。

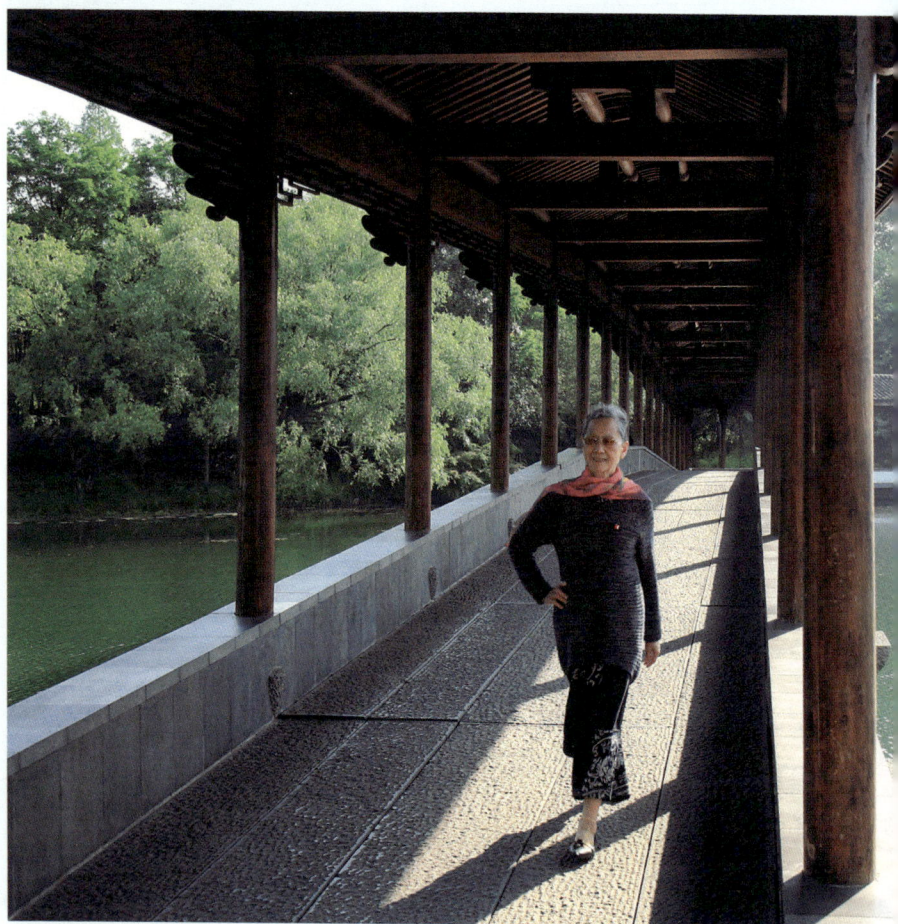

不会老的女子

　　香港女作家李碧华说，人或鬼都敌不过岁月……女子哪一个不是与岁月争抢时间？女子最大的愿望就是不老。

　　想想也是，有钱的健身减肥，甚至整容去皱，没钱的也知道用黄瓜皮和喝剩的牛奶敷脸。最怕丈夫盯着窈窕美女看，因为不比不知道，一比吓一跳。上了年纪的女人再怎么打理，在活力四射的青春女子面前也是黯然失色。所以一个"老"字，愁煞多少女人哪。

　　有一次看电视，主持人和嘉宾说到单身母亲带个孩子在再婚时虽然是拖累，但其实也是试金石。因为一个男子知道你有孩子，还义无反顾地走进你的生活，接纳你，接纳你的孩子，才最有可能是真心

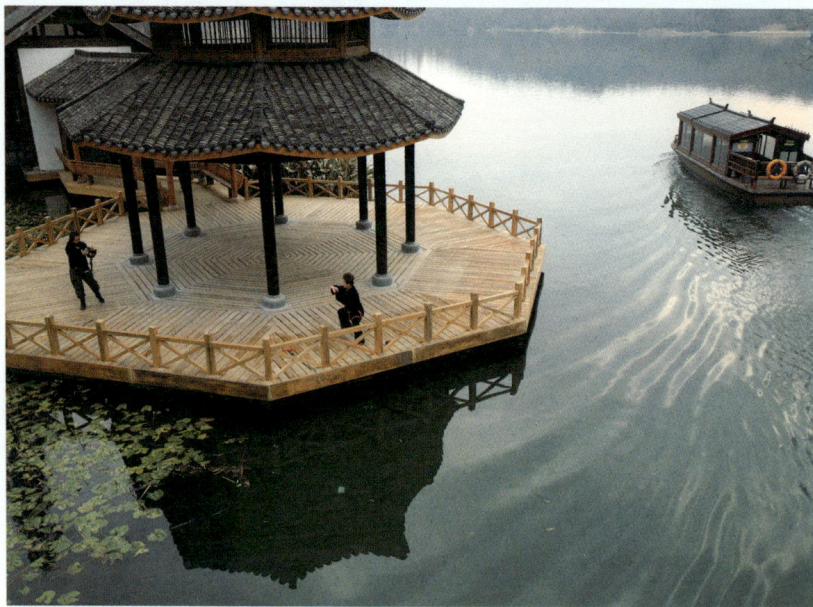

的。由此联想到，其实女子老了也是一块试金石，因为这时你才能知道丈夫对你是否珍惜。

假如丈夫知道你有很多剪不光、拔不尽的白发，知道你再怎么化妆，皮肤也不再有年轻人的水灵和弹性，知道你肚子已经不可逆转地微微突出，仍然把你当作他的骄傲和珍宝，仍然每次出差都要每天打电话回来，仍然把满足你（送你礼物，带给你好消息）当作他最大的快乐，而你仍然可以毫无理由地对他大吼大叫，你就知道，虽然你已不再年轻，但是你仍然是他最得意最自豪的伴侣。那还有什么好担心的？

于是，你就不怕老了。于是，你就真的不会老了。

因为一个人老得快，主要是心理压力大所致，一旦心里有隐忧，就吃不香，睡不着。即使睡着了也总被各种各样的梦魇折腾得很累，所以丈夫的关爱和认可特别重要，尤其是在青春不再、步入中年甚至是更年期的时候。

但并不是每个女子都有幸遇到把老妻当新宠的丈夫，更何况要让丈夫一直珍视和在乎，自身的努力和付出也是少不了的，包括努力拥有健康的体魄、职场上拼搏的能力、料理家事的经验、孝敬公婆的贤惠，等等。

有些女子为了丈夫为了家庭牺牲自己的学业和事业，不及时充电和与时俱进，也不愿意花钱花时间打扮自己，以为结婚了只要一心一意地把丈夫和孩子照顾好就行了。短时间内丈夫也许会很高兴，甚至很感恩，把贤妻良母的赞美经常挂在嘴上，但是时间一长就麻木了，因为随着你与他的差距越来越大，两人之间的裂痕也慢慢变大。当别的更年轻、更睿智、更有风情、事业更成功的女性出现时，无须刻意比较，你就已经处于下风了。这时，谁如果说没有感情的婚姻是最不道德的婚姻，你的丈夫可能会觉得很在理。

所以说，全职妇女是风险最高的职业，等到孩子长大、自己青春尽失的时候，丈夫正是事业顺风顺水、最春风得意的壮年，他们有钱有气质有阅历，是很多年轻女子心中的偶像和猎物，一旦得手，尤其是再怀了两人的孩子的话，她们就咸鱼翻身，身价百倍，应有尽有了。所以，对全职妇女来说，遇到一个有良心的、对你负责到底的男人，是你的运气；遇到变心的男人，则是大概率。所以，假如你不甘心一辈子操持家务，最后被冷落或被边缘化，假如你没有足够的智慧可以让丈夫把绝大部分收入交给你打理，还是要慎重考虑是否真要早早退出职业生涯。

温州女人很少朝九晚五地上班，但她们即使不当女老板，不在企业担任职务，也会把家里的财政大权紧紧地攥在手里，而且很会打理房产等事务，不上班却可能比搞实业的丈夫还会赚钱，那自然是另当别论了。

你被"在乎"吗?

有一女子，未婚夫突然消失，没有任何音信。后来她通过电视台寻找，因为她坚信未婚夫是喜欢她的。

主持人让她举例说明未婚夫的好。她说，大冬天的晚上，她饿了，未婚夫会从被窝里起来给她买肯德基；夏天，会为她打蚊子，而且一打一个多小时，打到一只蚊子也没有为止。后来证明果然没错，未婚夫是因为生意上有了麻烦不愿牵累她而刻意

躲避了好几年。

女子得知实情，悲喜交加，泣不成声。她是幸福的，因为她的未婚夫是真正在乎她的。

人的本性是喜新厌旧，所以一生中难免会有左右旁顾的时候，关键要看你的另一半是否在乎你。

婚姻指南之类的常说，看人看本质，别相信甜言蜜语，也别以为爱情可以改变一个人。确实，一个品行不好的人不会因为爱情而变得善良和高尚，至少不会永远善良和高尚。所以你不要看他怎么对你，而要看他怎么对朋友，怎么对亲人，甚至怎么对素不相识的人。一个人如果对一个偶然遇见的路人都能伸出援手，又怎么会对自己的另一半不好呢？

当然，爱情虽然不能改变一个人的智商和品行，但能改变一个人的态度。毛泽东同志曾经说过，"世界上怕就怕'认真'二字"，你在乎一个人，你就会认真，就愿意多付出，甚至把付出当作快乐。

相爱莫若相知

看电视剧《手机》，看到后来，最难忘的是严守一和
费墨两个男人之间越来越深的友情。

深夜，费墨的妻子已经入睡，费墨一个人坐在桌边，
给守一发短信：想念守一。想来，远在他乡的守一也会有
感应吧。

他们曾只是工作上的搭档，泛泛之交而已，还曾互生
嫉妒。后来在经历了很多风风雨雨之后，因为共同的良知
（一个是知识分子的良知，一个是农家孩子未被泯灭的纯
朴敦厚），他们的心紧紧连在了一起，相互感佩，相互影
响。他们的感情甚至可以说比夫妻感情还深，称得上是知

己了。

知己贵在知，他知道你坚强的面具下隐藏的脆弱，也知道你刀子嘴豆腐心。他不仅知道你的长处，也知道你的短处；他不仅了解你灵魂中的美，也知晓你心灵深处的惶恐。

其实，世界上有些事情是没有绝对的是非界限的，但是，人们总是习惯于用一个坐标，强行划分出种种是非标准，所以，每个人的思想中总会有一些不融于社会习惯、不能为公众接受的成分，或者自以为是对的，但别人却以为是错的东西。知己呢，他与你的观点一致，你说的正是他心里想的，你心里想的就是他说出来的，很契合。

常常会有一些特别敏感而善于察言观色的人，他们也能看透你的心思。但不同的是，有些人越了解你，越与你有隔阂；而知己是越了解你，就越欣赏和认同你，越呵护和爱惜你。

千金易得，知己难求。

夫妻之间也一样，相爱不若相知，相爱往往是激情型的，而相知则是永久型的。好的夫妻同时也是知己。

因为相爱就可能对另一方多有约束，生出独占欲和垄断欲，觉得对方应该对自己毫无保留地全心付出，不能怎样，必须怎样，从而造成很多矛盾冲突。弦绷得紧了有时就会断裂。而相知，就会更多地设身处地地理解对方，即使对方有过错，也会不自觉地为对方辩护。

有的夫妻，外人感觉差异很大，性格、外貌、知识结构等，但他们一生相守，不离不弃，因为相知。

有的郎才女貌，看上去很匹配，但偏偏半路分道扬镳。他们的主要矛盾往往不是经济上的，也不是夫妻生活上的，而是三观不一致。你想做好事，他不认同；你追求名利，她不在乎；一个爱消费，另一个很节约，或者消费偏好完全不一样。彼此看不惯对方的做派和习惯，自然谈不拢，也过不到一块去了，即使在一起也总是话不投机半句多。像比尔·盖茨夫妇都热心于慈善，两个人的心是相通的。虽然两人都不年轻了，脸上有了皱褶，但在对方眼里，依然是最美的。

知己是需要沟通的，有沟通，才相知。所以夫妻间从不吵架未必是好事，因为吵架也是沟通的一种形式，如果彼此有意见却憋在心里不说出来，就失去了沟通的好时机。没有沟通，说不定什么时候一次性爆发，或者长期貌合神离、同床异梦。有些夫妻表面上看很恩爱，却突然离了，就是因为"不在沉默中爆发，就在沉默中灭亡"。

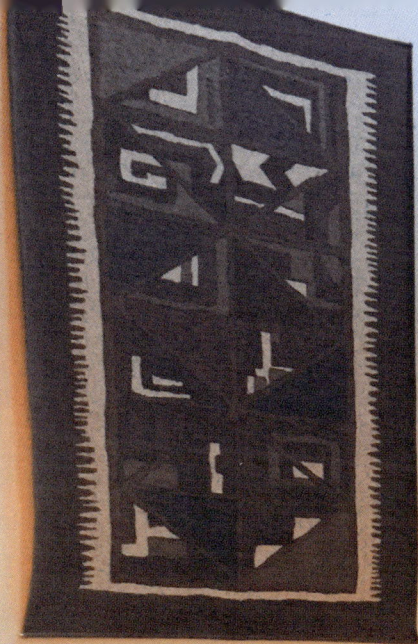

丈夫的差别

"世间丈夫彼此的差异微乎其微，所以你还是将就着第一个吧。"——美国女子阿黛尔·罗杰斯·约翰斯算是"著名人物"，她结婚离婚多达五次，最后用这句话来给自己的婚姻历程作了简短概括。

"美满婚姻的关键，不是你能否找到一个理想伴侣，而是你能否做一个理想伴侣。"国外一婚纱店的广告，真是一针见血。

伟大领袖毛泽东说过，"要知道梨子的滋味"，就要自己"亲口吃一吃"，"没有调查就没有发言权"。约翰斯女士应该是有发言权的。她的经历告诉我们：丈夫的好与坏其实相差不大（前提是每一次的结合都是有感情基础的），人与人相处的关键在于互敬互爱，夫妻之间也一样。你对我好，我也对你好。你心疼我，我敬重你。你把我的家人当自己的家人看待，我自然就视你的父母如自己的父母。你在外人面前尊重我，我自然也时时处处给你面子。所以，夫妻关系首先是人与人之间的关系。

恋爱时，男女双方都是情人眼里出西施，总是不知不觉地把自己最好的一面展示给对方，也把对方看成天下第一。婚后，整天忙于柴米油盐酱醋茶……激情渐渐消失，维系感情就看双方是否相互体谅和关心。从这个意义上说，世上所有的丈夫和老婆都差不多。所谓老婆是别人的好，也只是距离产生美而已。

时间和距离会使一切都水落石出。长期和零距离接触后，自然会发现，每个人都是有优缺点的——除非你特别倒霉，碰到了没有良知的恶魔或母夜叉，那只是个案，没有普遍的参考价值。

但话说回来，什么都不是绝对的，每个人的眼光都会有所不同，同样一个人，也许你欣赏，他不欣赏。

《读者》曾刊登过一篇文章，作者的第一任丈夫是中国人，总是嫌弃她不化妆，不料理家务，后来终于分手。很多年后，她在国外画廊里邂逅一个外国人，后来成了她的第二任丈夫。当时两人欣赏同一幅画，内心很接近，就走到了一起。他很爱她，她不爱打扮的缺点在他眼里根本就不是缺点，他们十分享受彼此精神上的相通。

所以说世上的丈夫又是不同的，是因人而异的。

当然，阿黛尔·罗杰斯·约翰斯是幸运的，因为她的几个丈夫都是与她互相欣赏的，只是激情消退后生出淡漠和厌倦来。

不少国人就没这么幸运，他们婚前就像瞎子摸象，多拍拖几个就会被人说三道四，好像作风不正派似的，碰到一个条件相当的，就赶紧成婚。另外，物质因素总是占上风，比如房子有没有，工作是否稳定等。交往一段时间后哪怕经常磕磕碰碰，也会因为舆论压力而成婚。年纪大了更会放低身段随便找一个，因为"不孝有三，无后为大"。于是，

婚后难免貌合神离。而国外的人大多是婚前很潇洒，婚后很爱家。这比我们一些国人婚前严谨、婚后潇洒要好得多。

　　总之，丈夫的好与坏，一则看你自己是不是一个好妻子，二则看你是否找对人。

丈夫的礼物

记得著名主持人陶子曾经
说过："在很多男人眼里，女人
都是拜金的物质女郎，其实女人
要的只是一种感觉，一种随时随
地得到呵护的感觉，所以我承认
我是个会被礼物打动的女人。"

陶子曾经的男友（现在的
丈夫）收入微薄，但他舍得花
一个月的薪水为陶子买礼物，
很令陶子感动。看过他的照片，
眉清目秀，白白净净，一副温
顺的邻家男孩的模样，与古怪
精灵的陶子倒是天生的一对——
互补得很！

陶子说，相比起来，她以前
的男友可以给自己买很多东西，
对她却很吝啬。嗨，真不是东
西！我为陶子愤愤不平——明摆

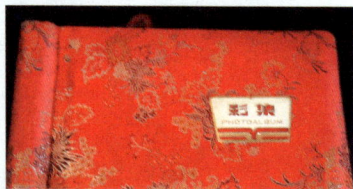

着假情假意，甚至连假情假意都没有。

这自然让我想起自己的丈夫。记得他追我的时候，我正在某大学进修，他已经工作。周末约我爬山（现在想来，这是最节约的方案了，因为山上没有咖啡馆，也不会有大酒店），他带了些零食和一听桂圆罐头。那年头，桂圆罐头还算蛮稀罕的。

两个人坐在山崖边的石头上，开始你一口我一口地用汤匙舀着吃。爬了半天山，还真渴了，肚子也有些空，所以感觉味道真的不错。但因为两个人认识也不久，所以后来虽然还挺想吃，还是很客气地说："我不要了。"因为是玻璃罐头，所以看得很清楚，还有小半瓶。他听了，一点也没谦让，很快稀里哗啦、风卷残云般地吃个精光，最后把糖水也喝干了，一甩手把瓶子扔下山崖（当时真的一点也没有环保意识，乡下人一个！很多年以后出了几次国，他看见别人扔纸屑便愤怒不已，这是后话）。

我装得若无其事，但听着空玻璃罐滚落下去的声音，感觉自己的心也一点点沉下去……我甚至怀疑，他买来就是存心自己吃的。

很多年以后，孩子也很大了，才知道，他就是不绕弯的肠子，以为人家怎么说就怎么想，他自己不会作秀，以为人家也不会客气。所以婚后看到自己喜欢吃的，就赶紧声明，要不他都吃光了，还以为是帮你忙，替你做猪收拾残羹呢。

有一次我生日，他送我一本相册，很精致高档，还写了HAPPY BIRTHDAY，但我一直疑心他居心叵测，因为那时关系已经基本确定了，他知道以后成家用得着，简直是做个顺水人情。

后来回忆起来，总觉得太便宜他了，怎么就几乎没让他破费过。想想现在的年轻人拍拖，不管成不成，要交往，先请吃饭、买高档护肤品不说，情人节、生日那可是重头戏，烛光晚餐是少不了的，还要一起外出旅游，甚至送钻戒，心里多少有些不平。

唯一安慰的是，婚后，他倒是很乐意掏钱买礼物。一次去上海，买了苹果牌的牛仔衣和短裙，最有效果的算是那条牛仔短裙，紧紧包住臀部，露出一大截运动员般健美修长的腿（我业余一直打排球，虽然只是后备队员——经常会被调换下场），骑单车时要很小心地夹紧双腿，以免春光乍泄。

有一青年时尚类杂志的主编还因此跟我说他们在组织丝袜品牌演示，让我去当模特。当时还真一阵窃喜，但想想要抛头露面，又不能把脸盖住，被熟人看见会很难堪，也就推掉了。但这事我在第一时间报告了丈夫，毕竟，人家看不上我的脸，没选我当模特，至少看上了我的腿，说明他老婆也不是一无是处。记得他当时好像没任何反应，不反对，也不同意，不知心里在想什

Many Happy Returns of your birthday !

么——该不会是后悔自己裙子买错了吧。

他买来的衣物，如果我说好，那他可来劲了，下次出差一准买一大堆。但问题是，买来的很少合我意，大老远的，又不能去退货，特浪费。

有一次，他去英格兰回来，献宝似的打开行李箱，拿出一条折得整整齐齐的全毛格子裙。英格兰格子裙也算是闻名全球的，我确实有点喜出望外，可是一试穿，腰宽松得连我妈妈穿都会掉下来。用尺子一量，腰围有两尺六寸。这让我说什么好？我问他，买裙子的时候，边上有没有同伴？别人知道他老婆腰围两尺六寸，一定惊掉下巴。如今这裙子一直挂在衣橱里占着宝贵的空间。

还有一次出国，他几乎花光了随身所带的五百多美元，买回来一块玉，翠绿翠绿的。我喜滋滋地挂在胸前，还让单位里资深的收藏专家鉴定，我叫他慈老师，是中央美术学院毕业的，他吞吞吐吐地说："我也说不准，不过不要鉴定了，要是不好，心里反而难过。"听得我心里发虚，就怕别人说我挂了块填色的玻璃，就存在箱底，慢慢地遗忘了。

现在我只能关照他少献殷勤了，当然只是少而已，不能一点都没有，要不跟他没完！

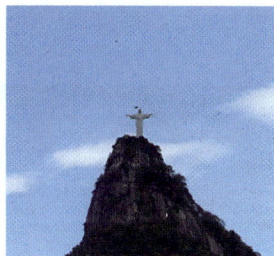

同月同日死

爱得昏头的时候，总会说，不求同年同月同日生，但求同年同月同日死。其实这大多只是浪漫的口号——虽然说的时候还挺真切。没想到，自己居住的城市还真出了这么个新闻。

报上说，一对八十四岁的夫妇六十多年来相濡以沫，在 2006 年 3 月 8 日，同一天去世。

他们的女儿回忆，很早以前，母亲就说，她和父亲会一起走。母亲去世的时候是凌晨四点三十五分，父亲一点也不吃惊，还交代如何办后事。等到晚上，亲戚朋友都到了，他还一一打招呼，等后辈事情办好了，晚上八点四十分，他也闭眼了——真的是无牵无挂地放心离开了。

夫妻几十年在一起生活，像一双鞋子已经很合脚了，闭着眼睛也能套上。就算离开人世，也可以商量好一起走。这真是令人感慨万千。

也许，生命的长度一定程度上是可以由自己决定的，因为求生的意志也可以决定生命的延续与否。老伴走了，自己不想一个人孤零零地苟延残喘，就一起走了。人活着就是一口气，俗话里，咽气和闭眼都可以表示去世。想想也是，如果没有了求生意志，本已衰老的身体器官就很容易彻底停止运行，眼睛一闭不就去了。

最"好"的男人

　　微信上看到一帖子：不好的男人让你
变成疯子，好的男人让你变成傻子，最好
的男人让你变成孩子。

　　看了总觉得哪里不对，就在同学群里
请教群友，一个男同学回复说：男女之间
是相互提供营养的。一方不能进步，就意
味着裂痕。什么傻子、孩子，那是在精神
病院，不是在家里。

　　是啊，哪有男人会永远对傻子和孩
子一样长不大的老婆一直都很宠爱、很尊

重呢？虽然，在热恋期或者若干年里，也许会有男人愿意把恋人和妻子宠成"傻子"和"孩子"，但时间长了，迟早会嫌弃和怨恨。至少我认识的圈子里没有听说过这样的好男人。

说到底，夫妻之间，相对于相互尊重、相互体谅来说，爱还是太肤浅了。

有一些年轻的女子，尤其是父母宠爱、自己长相好看的，谈恋爱的时候，另一方对她百依百顺，把她当公主一样。等到结婚了，丈夫既要工作，又要兼顾家庭和孩子，所以对妻子就难免冷落，尤其是工作忙或者事业处于低潮期时，很希望另一半能多承担一些家里的事情，甚至希望从另一半那里汲取鼓励、宽慰和点拨。这时，如果另一方一味倚仗于他，家里的事情也样样要他操心，还责怪他无能，那他就会陷于焦虑和狂躁中，甚至对妻子冷暴力，不理不睬，一有机会就外出，甚至彻夜不归。

于是，妻子就会觉得丈夫变心了，是从奴隶到将军了。其实，关爱和付出是相互的，不可能是单方面的。所以，夫妻之间如果能从心里去掉"应该"两个字，多一些"体谅"和"理解"，就会和谐很多。如果因为是夫妻，对另一半就严格要求，失去感恩之心，且不给予同等的付出：你对我好是应该的，你为我花钱是应该的，你为我做任何事都是应该的，那么，矛盾就迟早会产生并逐渐升级。

其实，这世界上，人与人之间，可以用"应该"两个字的可能就只有雇主和雇员的关系了，按照契约所规定而付出劳动和支付报酬。婚姻虽然也是契约关系，但它是通过约束双方的行为，保证各自都能符合婚姻法的要求，而不是要求对方无条件、无回报地付出。如果一味地要求对方这样或那样，对自己没有要求或者要求很低，那么婚姻关系是难以延续的。

相互尊重还包括多体谅对方的外貌、性格、能力等缺陷，以及因人际关系、健康情况、事业挫折而导致的情绪变化，甚至某些时刻的不可理喻。没有人是十全十美的，更没有人能做到任何时候都十全十美，你不应该以此要求别人，因为你自己也做不到。

夫妻之间，首先是人与人的关系，其次才是夫妻关系。所以要尊重和理解人性，包括可能会有的审美疲劳和争吵时的凶神恶煞。要尽可能相互尊重，包括尊重对方的父母和亲友，你娶或嫁的是一个有众多家族关系的人，一个具有多面性的人，不是一个万能机器人或供你赏玩的宠物。

最"好"的婚姻

但凡女性，几乎没有不向往美满幸福婚姻的。即使事业很成功，看着别的女人有老公疼爱，自己的婚姻千疮百孔，心里也不免失落。

那么，什么样的婚姻才是最"好"的？

玻璃大王曹德旺对此颇有心得。

曹德旺曾经有一个十分心仪的红颜知己，并差点因此要与自己十分贤惠但却几无感情交流的糟糠之妻离婚。作为一个特别务实的企业家，为了能给自己一个充分的理由，他像做企业咨询一样专门调查了一百对夫妻，结果发现很多看似很般配的夫妻其实也相互心存不满和痛苦。

于是，他认为自己懂得了婚姻的真谛，毅然放弃了离婚的念头，并把亿万家产全挂在老妻名下。

他真的很"德旺"，也真的很理性。

但是，谁能说清楚婚姻应该是怎样的？只能说，我们更能接受或者更愿意接受什么样的婚姻。曹德旺说，他的妻子不需要他去哄，这种安静本分的感情正是一个专心做事的人最需要的。这也许是他最终选择维持婚姻的主要原因，曹德旺事业心强，婚姻对他而言是从属于事业的。

所以他的切身经历告诉我们：适合的就是最好的。

有些人大大咧咧，那另一半最好很细心，要不然，把孩子连水一起倒掉了，两夫妻说不定都还茫然不知；有的人花钱似流水，那另一半最好是善于理财或者勤俭持家的，要不然金山银山也会被挥霍一空。但是反过来说，两个人都十分节约和抠门，这一家人在生活上也就会比较欠缺享受，人际交往上也不会太受人待见。

但这些都是性格差异，无关品行。而令人遗憾的是，品行总是被一见钟情的人忽视，但最终却实实在在地影响着夫妻感情和婚姻质量。

品行接近，精神上又能有共鸣，那自然是最好的了。因为精神和灵魂上的相似和沟通是最高层面的，物质层面的东西相比之下就逊色多了，尤其是在基本生活有保障、温饱问题解决之后。

百年修得同船渡，但如果没有一个好舵手，是很容易触礁的。因为婚姻生活长达几十年，其间会经历各种各样的波折和磨难，如果一旦有难就各自飞，那真还不如不要结婚的好，尤其是对花容易失的女性来说，找到

一个品行好的舵手至关重要。

好舵手就是风平浪静时有闲心与同船共渡的人一起享受美好的景致，大风大浪时能沉得住气，拼尽全力与风浪搏斗，触礁时不会抛弃你只顾自己逃生。所以，找到一个好舵手，就等于找到了一生的安宁和幸福。

当然也有一些女性，她们本来就是生活的强者，在家里是外柔内刚的舵手。对于她们来说，最适合自己的也许就是能欣赏她们，给她们带来轻松与快乐，并能与她们同甘共苦、风雨与共的男子。

总之，最"好"的婚姻就是夫妻两人相互最适配的婚姻。

边走边遗忘

- ◎ 求缺惜福
- ◎ 边走边遗忘
- ◎ 见山是山?
- ◎ 世上本没有两全的美事
- ◎ 不是朋友就是敌人?
- ◎ 该不该以德报怨?
- ◎ 好人是否有好报?
- ◎ 很多时候, 人是回不去的
- ◎ 遗憾也是美

求缺惜福

　　小时候，受"革命样板戏"
和阶级成分划分的影响，人总
是简单地被分为截然不同的两
种——好人和坏人，或者说，要
么是好人，要么是坏人。

　　改革开放前，连衣服布料也
很少有中间色，要么红或者黑，
要么蓝或者白，纯得很，可谓立
场坚定，旗帜鲜明。

　　随着阅历的增长，慢慢悟
出，几乎任何人和事都有两面
性，用"双刃剑"来形容也是很
贴切的。

　　绝对的"好"与绝对的"坏"
几乎是不存在的。

　　比如出名，张爱玲说过，
"出名要趁早"。确实，有了名就
身价百倍，所谓名利双收。但随

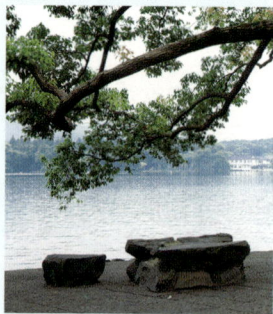

之而来的烦恼也多多，个人隐私从此没有了，很早以前的事甚至包括你祖宗八代的陈芝麻烂谷子的事都会被挖出来，绯闻漫天飞，人身自由大打折扣，莫须有的事被传得有鼻子有眼，所以朱德庸讲，"做名人是最无聊的事"。

名人对粉丝，也是爱恨交加：没有粉丝，说明你不红，你肯定会寂寞；但粉丝太多，难免有一些神经质的、病态的，又会让你不胜其烦。强吻你，偷窥你家的窗户，乱翻你家的垃圾，甚至枪杀你以灭自己的嫉妒之火……这些你都无法控制，就像潘多拉的盒子打开了，就再也关不拢。说到底，你要得到出名的好处，也必须要忍受出名的坏处。

比如利，没有钱，两眼泪汪汪，贫贱夫妻百事哀，买不起好吃的，也读不起书，看不起病，一家几口蜗居一室。古人说："食、色，性也。"据考证，这是告子对孟子说的，意思是食欲和性欲都是人的本性。没有钱，连最基本的需求也满足不了。而钱太多了吧，小偷容易光顾，老公容易花心，甚至爱上赌博吸毒；有的女人家里有保姆，孩子住贵族学校，老公更是难得回家，啥事不用管，整天闲得发慌，也可能麻将桌上度青春或者整天玩游戏玩得浑身僵硬。

爱情，你把它想得太美好，容易破灭；不相信爱情吧，还别说，如果有人爱，哪个不屁颠屁颠的。

人吧，肯定有好有坏，但是如果把好人想得一点缺点也没有，真的是与好人过不去。人无完人，凭什么好人就该完美得没有一丝缺陷？你把一个人想得太坏吧，则会冷不丁知道他其实很孝敬父母或者曾经做过不少好事。

孩子很会读书，往往做家务事等不太勤快，长大后远离父母的概率也大多了，对父母贴心关爱的时间自然也少。

确实，凡事不能太绝对，一分为二辩证地看人看事永远不会错。你也不能要求十全十美，人生有几样值得你骄傲和让你微笑的事就已经很好了。

就连曾国藩，这位中国近代著名的政治家、战略家、理学家和文学家，与李鸿章、左宗棠、张之洞并称为"晚清中兴四大名臣"的杰出人物，也把"求缺惜福"作为自己重要的人生信条。他的本意是提醒自己戒贪和感恩，我们一介布衣更是要知足常乐了。

边走边遗忘

"湿透的衣裳，终究会干。可以遗忘的，都不再重要了。"幾米的《地下铁》是这样说的。

到底是不重要所以被遗忘，还是再重要的事情都能被遗忘？也许不同的人有不同的体验和答案，不能强求一致。

"爱那么短，可是遗忘那么长。""分离只是一转身，但我用了一辈子来遗忘你。"这是不忍遗忘或不想遗忘。

"那些曾经认为念念不忘的事情就在日复一日的岁月里，被我们遗忘了。""遗忘是对背叛最大的责罚。""昨日的悲伤，我已遗忘。"这又是另外一种选择。

确实，很多时候，遗忘是人的一种本能选择。对一些事，潜意识里，我们可以选择铭记，也可以选择遗忘。对于带给自己不快、羞辱或者沉痛的记忆，我们总是会本能地选择遗忘。所以说，"人与生俱来有一种便利的功能叫作遗忘"，我觉得还是很有道理的。

据说，容易幸福的人都有点健忘。遗忘已经过去的坎坷和委屈，把更多的精力用来记取眼前的快乐和未来也许会出现的曙光。这不但是感恩生活，更是让自己过得好一点的方式。

我可能就属于容易幸福的人。因为从小到大，脑子里总像缺了一根弦，特爱忘事。所以有同学说，怪不得她显年轻，不记

事嘛。是啊，爱忘事也有好处，可以很快忘却人生中曾经历过的风风雨雨，可以抛开烦恼安然入睡。这样相对来说皱纹会少几条，就不太会显老。

人活一世，草木一秋。但自然界的小草可以春风吹又生，年年岁岁依旧笑东风；人生的火车却一路向前，再不回头。走过的路有欣喜，也会有遗恨。站在十字路口，不一样的选择，带来不一样的人生，比如选择高考专业和学校，比如选择工作单位和岗位，等等。谁能说自己的所有选择都是最佳？谁又能说人与人相处，不会有矛盾冲突？

所以，一路遗忘，一路恕人恕己，就是最好的滋养。心净气畅，通则不痛。

见山是山？

唐朝禅宗大师青原惟信曾提出过参禅的三重境界：未参禅时，见山是山，见水是水；有所悟时，见山不是山，见水不是水；大彻大悟时，见山还是山，见水还是水。

从简单到复杂，又从复杂回归简单。但这种循环不是简单的归零，而是一种升华。

一开始只看到事物的表象，只有浅层次的认识，或者说只有朴素的原始的感官反应。有所悟时，就会透过现象看本质，于是就能从具象中跳出来，就会迷茫，困惑，就会由此及彼，由表入深。西谚说，如果你不困惑，说明你不用心。困惑，思索，思索，困惑……最后经历的

事情多了，思想深刻了，慢慢想明白了，就能从复杂中抽象出简单来，这种简单是大智若愚的简单，是化繁就简、九九归一的简单。

未谙世事的时候，思想很单纯。有了一定的思想深度后，就容易产生联想和感悟。辛弃疾说："我见青山多妩媚，料青山见我应如是。"洞明世事、大彻大悟以后，就不会再"感时花溅泪，恨别鸟惊心"，自然会以一种超脱平静的心态去看待。

比如说感情。没有谈过恋爱的对男女之情一无所知，从书籍、影视等媒介上知道一点也总是隔靴搔痒，所以很纯洁，很盲目，难免会把感情看得太美好、

太重要，陷入爱情拜物教。等到经历过感情，曾经如胶似漆，曾经山盟海誓，爱过，又失去，或者爱过，又放弃，经历刻骨铭心的伤痛，甚至生不如死，又会把感情看得太虚空，太不可捉摸。问世间情为何物——也许从此不再相信爱情。等到大彻大悟了，就会知道，爱情就是爱情，它不像你所想象的那么神圣，那么崇高，那么玄妙，由不可知的力量决定；也不像有些失恋的人所哀叹的那么虚幻，那么不值一提。爱情是美好的，是上帝给人的一份甜点，是人世间最艳丽最灿烂的花，但同时又很容易凋谢，变异性很强。

　　试想，如果身在伊甸园，只有亚当和夏娃，没有第三者，不用忙着上下班，不用为生计犯愁，伸手就是鲜美的果子，不用担心工资发不出，也没有其他人可以攀比——比如情人节，××的男朋友给她买了特大的钻戒；××的女友温柔似水，不仅才貌双全，而且还有一手好厨艺。心中没有失落，两人自然可以天天花前月下，时时开心嬉闹。

　　但如果有第三者出现，又正好处在婚姻的七年之痒；或者男的忙于事业，女的又太空闲得不到关爱；或者男的事业不顺，在家发泄负面情绪，女的难以忍受；再或者男的事业蒸蒸日上，家中的妻子却不太有文化，原来两人又缺乏感情基础，现在有年轻漂亮的大学生簇拥左右，一心攀附，这时确实很少有男人可以抗拒；再或者其中一方远离亲人，心里寂寞，有异性关爱，难免会迅速坠入情网，等等。说到底，主客观的条件改变了，爱情发生变异也是很正常的。

　　但并不能就此下结论爱情是骗人的，天下的男人都不是好东西，天下的女人都水性杨花。你不能在自己拥有的时候说它是美妙的，失去的时候就说它是邪恶的或者虚幻的。

　　是啊，山还是山。

世上本没有两全的美事

　　工会组织疗养，安排到文成县铜陵山上游玩。走到半山腰处，有一种清幽的香气萦绕，举目四望，却找不到源头。时值初夏，樱花、桃花早不见踪影，映山红也已谢幕，哪来的花香呢？

　　转过一道山路，在绿树如织、瀑布遍布的大山间，伴随着愈来愈浓郁的清香，一棵花树闯入眼帘。她像一个顽皮的贪恋山野的小仙女般执拗地立在大山间，无拘无束地舒展着花枝，尽享大自然的暮雨晨露。走近了，一股清香沁人心脾，衬着散漫小翠叶的白色花瓣，细细密密地缀满了长长的枝条。在花树下仰头看，阳光透过氤氲的山岚普照万物，薄而细嫩的花瓣晶亮而不刺眼，像是一树水晶亮片闪烁着。

　　这棵花树的根就扎在平坦的山岩中，树下是一地从山上流经的清澈的溪水，在平坦的岩石上恣意地溢开来……听说山上有一个与杭州西湖面积相当的水库，所以常年水流丰沛，山岩间溪水四溅。

　　我好想就这样一直守着这棵树，日日夜夜陪伴在她旁边。可是荒山野岭中哪来落脚的地方？与世隔绝的日子难熬，没 WiFi 的日子更怕是难以坚守。于是又想，假如家里也有这样一棵树，那该多好。一定常常就这样被花香迷醉了，而不知有汉。

　　但是即使有一个院子，即使院子里有这样的树，又哪来这纯净的山岚，这源源不尽的溪水？即使栽活了，在车流如潮、高楼林立的都市里怕是也难有这般洁净绝尘的花瓣和仙香了。

　　也许，世上本来就没有两全的美事，要么幽僻而洁净，要么繁华而喧闹……

不是朋友就是敌人？

说起台湾的李敖，相信很多人都不陌生。

我很欣赏他的博学，他对故土的深情，他的爱憎分明、他的睿智和诙谐、他的仗义，还有他从来不受任何权威影响的独立精神和独到见解。但是，他的有些言论还是太偏执，不敢苟同。

比如他说："不是敌人就是朋友，该是错了；不是朋友就是敌人，才是对的。敌人要从宽认定，朋友要从严录取。"听了很觉错愕。

可能是他多年的牢狱经历使他愤世嫉俗，并充满警惕和狐疑，以至于让他作出这样的判断。其实，正确的选择正好相反：敌人要从严认定，朋友要从宽录取。

何必给自己树这么多的敌人呢？敌人大多是有阶段性的，而且绝大多数的敌人是可以转化为朋友的。当你把对方划到敌人阵营时，你的态度、你的反应，都会使对方成为你真正的敌人。这不是很麻烦吗？

我们一生要做的事太多，何必给自己招惹来这么多敌人？除非你真的是觉得与人斗其乐无穷，那敌人就是你的补药或者说发泄剂。

"没有永恒的朋友，也没有永恒的敌人，只有永恒的利益。"这话听起来有些刺耳，相信很多人都会嗤之以鼻。但是在商业社会，却是实实在在的真理。一些生意做得大的，都是不计前嫌，朋友圈里三教九流都有的。毕竟，在市场经济里，人的能量的大小，主要就看你能调用的资源的多少。

作为普通人，我们自然做不到这样的豁达和实用主义，因为话不投机半句多，而好朋友却哪怕一句话都不说，也能感受到彼此的温暖和惬意。但是我们也都会有这样的经验吧，有些人我们可能很不喜欢：不喜欢他的性格，不喜欢他的做派，甚至不喜欢他的人品，但是忽然有一天，你觉得这个人其实也有一些令你意想不到的优点和可爱的地方，比如对自己的父母很孝顺，对爱人很忠诚专一，比如对工作很敬业，很有职业素养，等等。所以从不同的角度去看，每个人都有长短，我们可以不喜欢某个人，但没必要把他归到敌人堆里，最好是根本没有敌人。

该不该以德报怨？

　　看到过一个真实的故事，讲的是修道院的一只名叫黑蒙的救生犬，在大雪封山的季节，几年中救出过四十个人。遇险者看到黑蒙就等于看到了救星。它只要嗅一下遇险者的衣物，就能一路追踪遇险者的气息。它经常在脖子上套上主人准备的烈酒、香肠、面包等，找到遇险者并把他们带出雪山。有走不动的，遇险者就会在纸上写明情况，再让救护人员赶到现场解救。

　　让人悲痛欲绝的是，黑蒙在救助第四十一个遇险者时遭遇了最最令人揪心的意外。

这是一个失去知觉的遇险者，已完全冻僵。黑蒙伸出自己温暖的舌头舔他的脸，想让他慢慢苏醒。这本来是最明智的做法，但是遇险者却误以为是狼，就用尽力气把锋利的匕首刺进了黑蒙的胸膛，正忙于救助的黑蒙毫无防备，遭此一击，本能地张开嘴，露出尖利的牙齿，扑向被救助者的咽喉，但看见他双眼紧闭，就停住了。

善良、勇敢、睿智的黑蒙，曾救人无数的黑蒙，就这样倒下了，死在被救助者的刀下。

黑蒙的墓碑上刻写着拜伦的诗："你有人类的全部美德，却无人类的缺陷。"是的，它只有爱心、宽恕、忍耐，而没有报复心。

黑蒙，浑身像炭一样黑，心却纯洁无比。

黑蒙一定是在最后一瞬间知道，那个冻僵的人是误解它了，而不是恩将仇报，所以它选择了宽恕和原谅。

人世间，也总是会有很多的误解和错怪。当别人在不知情的状况下对你出言不逊或做出对你不利的举动时，尽量不要冲动和激愤。让时间来证明，让事实来辩解，就像黑蒙一样，选择宽宥吧。

好人是否有好报？

好人是否有好报？生活中总是很难找出一个确切的答案。

有一山村女教师在省城体检，查出患了白血病，只有半年存活时间。回到山村后，她怕学生难过，就谎称要到千里之外和男友举行婚礼，婚后在那里定居。

子夜时分，她提着行李箱来

到站台，想趁夜深人静时分悄悄离去。没想到全班四十多个孩子全站在站台上为她送行，还送了一篓贴着红双喜的山核桃。车要开了，班长领头为老师唱了一曲《好人一路平安》。

这个故事读来催人泪下。静下心来，不禁想，都说好人有好报，为什么生活中常见得好人没好报？那去山村教书的女教师，不仅把自己的青春献给了山里的孩子，患了绝症，还不愿打扰学生，选择一个人悄悄离开，甚至宁愿被孩子误解，以为她是为了自己的幸福而离开孩子们，离开山村。

为什么好人偏偏不是一路平安，甚至还屡遭厄运？

曾看到一篇报道，在杭州工作的小伙子看到有两个孩子落水，情急之下，竟忘了自己不会浮水，立马跳下河救人，后来溺水而亡。

人们常说，好人总会有好报，凡事都是有回馈的，好人是有气场的，天长日久，好人的人格魅力就成了一种资源。

但是很多时候，情况恰恰相反，好人太投入太忘我，累坏了自己。好人舍己救人，献出了生命。再比如疾病，尤其是遗传基因决定的疾病，再好的心态也可能无法躲避。至于飞来横祸，更是不长眼睛，不管好人坏

人，碰到都倒霉。

还可能是好人的能力与水平的限制，在激烈的市场竞争面前遭遇困境，比如下岗等。如果不是好人，也许更早被淘汰了。毕竟好人也是没有特权的，也怪不得别人，从某种程度上说好人也必须经受考验。

说到底，好人也要学会保护自己，量力而行，为别人为社会也为家人爱惜自己的身体。社会则要大力宣传做好事要量力而行，还要大力奖励和表彰做好事的人，不要让好人受委屈。

很多时候，人是回不去的

一个从未离开过偏僻乡村的妇女，有一次跟着乡亲第一次来到了高楼林立、车水马龙的城市，一下子惊呆了……于是她完全情绪失控，不能自已，在大马路上蹲下来号啕大哭："为什么有这样的地方？为什么以前我不知道？"

这是我很多年前在《读者》上看到的故事，一直难以忘怀。我在想：是不是所有的人都会像她那样对大城市有如此强烈的感受？也许，她属于对美好事物很向往和渴求改变的人——虽然只是一个普通的村妇。但是，她以后的路该怎么走？

她的未来可能有两种结果：一是外出打工，改变原来的生活轨迹，融入她向往的城市生活，无论最终是收获希望还是绝望；还有一种是继续留在乡村，

那她就可能时时处处不满意，时时处处感到失落和遗恨。除非能找到一种能实现她的城市梦的途径，比如乡村旅游发达了，乡村工业兴盛了，让她逐步走近心中的梦想。否则她这一趟外出，就毁了她的生活。

以前她安安静静地在乡村里生活，也许日子过得波澜不惊，没有很多惊喜，但很少有不满，现在，在见识了大城市的繁华和先进以后，她就很难安宁了，因为她心中的天平倾斜了，她已不是原来的她了。

是的，很多时候，人是回不去的。

遗憾也是美

生活中常有这样的事，凡是得到的总不懂得珍惜，凡是没得到的却心向往之。

看电影就是一例，影片是走马灯似的换，一忙乎错过了，就耿耿于怀，其实真让你看了，也不过如此。张艺谋的电影一直很走红，无论是宏大的主题还是小清新的题材，都有很高的票房。但是我看了他导演的《古今大战秦俑情》和《大红灯笼高高挂》，印象却一般。前者是用旧瓶装新酒，用荒诞不经的故事情节吸引人；后者无论在艺术性和思想性上都比较上乘，但毕竟也是新瓶装旧酒，把老掉牙的题材用几盏红灯笼照得透亮透亮的。没有看过却很轰动的是《秋菊打官司》《菊豆》，心里一直遗恨绵绵。那一次听同事谈《菊豆》，连口水都忘了咽——生怕把好听的细节漏了，于是认定那是好片子。

旅游也一样，凡是乘兴而去、尽兴而归的，总不会留下太深的印象；相反，倒是那些因故不能成行的更让人念念不忘。那一次去桂林，游了芦笛岩后，转到七星岩时，听说两洞大同小异，"没啥花头"，就省下几元

门票钱没进去。可以后一听到"七星岩"三个字，心里就痒痒的——仿佛里面一定有奇妙无比的景观似的，以至于下决心以后不管到哪里都要不惜代价地"到此一游"。

也许美是需要距离的，想象中的美总是超过现实的美。《战争与和平》里的玛利亚与朱莉是无话不谈的挚友，在不能谋面时，常常鸿雁传书，互诉心曲，一旦见面了，竟形同陌路，不知说什么好。异性朋友间也是如此。一些年轻时的恋人，分手后往往将彼此幻化成美丽诗篇，于是刻骨铭心地盼望着重逢，一旦真见面了，却因脸上的皱纹和陌生的表情生出可怕的隔膜。

美也许永远是与缺憾相连的。牛郎织女的故事之所以代代相传，就是因为他们被长期阻

隔在银河两边，假如什么时候他们不再分居两地了，人们也许就会把他们彻底遗忘了。

《飘》曾是我最爱看的小说，听说其续集出来后，很是骚动了一阵。有一次在朋友家看到了那本续集，放在书架很显眼的位置，我注视了好一会儿，却终于没有勇气去碰它。因为我认为《飘》的魅力很大一部分就在于男女主人公那种擦肩而过的爱，如果补以大团圆的结局，就肯定变味了。

俗话说，人心不足蛇吞象。生活中有太多的遗憾，于是年轻的时候常常会长吁短叹，甚至此恨绵绵无绝期。但是也正唯有遗憾，才会带给我们一种期待、一种渴念以及美的想象和伤感。伤感而带着美，就像春天走在细雨绵绵的花径上，虽潮湿却温馨，虽泥泞却芬芳。

吃得苦中苦

一份总统简历的启示

他是林肯。

出身寒门，幼年失母；初入商海就破产，负债累累；就要步入婚姻的殿堂，未婚妻却香消玉殒；多次竞选，多次落败，最后成为美国总统。这样一份简历（见下页），告诉我们什么呢？应该是：出身并不能代表什么，出身卑微不是人生失败和退缩的借口。

美国总统，《独立宣言》的执笔人托马斯·杰斐逊说过："我们认为这些真理是不言而喻的：人人生而平等，他们从他们的'造物主'那里被赋予了某种不可转让的权利，其中包括生命权、自由权和追求幸福的权利。"我们不能因为自己出身贫寒或无显赫的背景就自暴自弃，就失去拼搏的勇气和追求事业成功及成就伟大

1809 年　出生　在寂静的荒野上的一座孤独小木屋里。

1816 年　7 岁　全家被赶出居住地。经过长途跋涉，穿过茫茫荒野，找到一个窝棚。

1818 年　9 岁　年仅 34 岁的母亲不幸去世。

1826 年　17 岁　已经什么农活都能干了，经常帮人打零工。

1827 年　18 岁　自己制作了一艘摆渡船。

1832 年　23 岁　竞选州议员，但落选了。想进法学院学法律，但进不去。

1833 年　24 岁　向朋友借钱经商，年底破产。接下来花了十六年时间，才把这笔债还清。

1834 年　25 岁　再次竞选议员，竟然赢了。

1835 年　26 岁　订婚后即将结婚时，未婚妻死了，因此，心也碎了。

1836 年　27 岁　精神完全崩溃，卧病在床六个月。

1838 年　29 岁　努力争取成为州议会的发言人，没有成功。

1843 年　34 岁　参加国会大选，落选了。

1846 年　37 岁　再次参加国会大选，这次当选了。

1848 年　39 岁　寻求国会议员连任，失败了。

1849 年　40 岁　想在自己的州内担任土地局局长，被拒绝了。

1854 年　45 岁　竞选参议员，落选了。

1856 年　47 岁　在共和国的全国代表大会上争取副总统的提名，得票不到一百张。

1858 年　49 岁　再度竞选参议员，再度落败。

1860 年　51 岁　当选美国总统。

事业的信心。

是的，**我们不能选择出身，但我们能选择未来**。林肯，出生在荒野的小木屋里；别的孩子在双亲的爱护中无忧无虑地享受快乐童年，在母亲怀里撒娇，饭来张口、衣来伸手时，他与母亲已阴阳两隔；别的少年在窗明几净的教室里上课时，他已经是务农的一把好手。与他相比，我们还有什么可抱怨？

同样，学历学校也不是最重要的。也许你不是名校毕业，但你完全可以超过名校毕业的学生，只要你有远大的志向和抱负，并持之以恒地努力。试看当今世界，非名校毕业的超级成功者数不胜数。

厄运总是让人无奈心酸的，自然是避之唯恐不及，但对坚强的人来说，它却也是人生的一大财富。因为厄运，你不会忘乎所以，不会因为一时的好运而飘飘然忘了自己是谁。因为厄运，你不会心存侥幸，守株待兔地过日子。因为厄运，你不敢懈怠，你会知道人生本来就是漫漫征途，稍一松懈，就可能前功尽弃。因为厄运，你会尝到世态炎凉，你会深切感受到什么是大祸临头，慢慢地，你会变得无比坚强。因为厄运，你会深怀同情心，知道

处在危难之中的人心里是什么滋味，知道雪中送炭意味着什么，因此你会更有爱心，更能拥有人性的光辉。

人难免会有精神崩溃的时候，哪怕是强者，但要记得尽快打起精神站起来。当你感到沮丧、委屈并因此难以振作的时候，不要瞧不起自己，人不是钢铁，即使钢铁也有生锈的时候，何况血肉之躯，难免有难堪重负的时候，就让自己歇息一下，让自己大病一场。但不要从此没有了目标和决心，不要以为从此走投无路了，永远要记得，"路是人走出来的"。山穷水尽时要知道还会有柳暗花明。

当你选择决不向命运屈服时，命运只能向你屈服了。这就好比两个人在一座独木桥上相遇，不是你退让，就是对方退让。我们可以放弃一些名利，我们也可以放弃很多的享受，但是我们不能向所谓的命运屈服。命运是我们每一个人的行为与环境共同作用的结果，生存环境虽然有它不以人的意志而转移的一面，但我们在环境中如何作为，却有主观上的抉择。一定要知道，命运是主客观因素共同作用的结果。我们所能控制的就是主观上我们能做什么和怎么做。怪罪于命运是最容易的，也是懦者的惯用语。

人生目标很难一次锁定，就像林肯，曾经经商失败，花了十六年还债。人生有几个十六年？换了一般人，也许就从此歇菜，一蹶不振了。但林肯告诉我们，走弯路不可怕，谁都有走弯路的时候，关键是要重新定位，继续出发。其实很少有人能一次定位成功。谚语说，最难的是了解自己。所以一旦发现自己走入困境，发现自己定位错误，记住要重新来过，就像林肯先生一样。

且看林肯对自己的总结和评价：

——我家境贫寒，母亲早亡；孤苦奋斗，厄运不断。两次经商两次失败，十一次竞选八次失败。为此也曾经心碎过、痛苦过、崩溃过。有好多次，都绝望至极，担心自己还能不能再爬起来。

——我虽然心碎，但依然火热；虽然痛苦，但依然镇定；虽然崩溃，但依然自信。因为我坚信，对付屡战屡败的最好办法，就是屡败屡战，永不放弃。

乔丹：赢在专注

原来一直以为运动员都是四肢发达，头脑简单。其实不然，优秀的运动员，尤其是伟大的运动员都有着高智商、高情商，有很强的人格魅力。

乔丹说：我经常看到其他球员在第一次投篮失败后，就流露出胆怯和迷惘，消极念头一个个垒起，最终再没有机会重拾斗志了。而我在丢了一个球后会怎样呢？我会告诉自己，都过去了，珍惜后面的机会。我总是让自信贯穿比赛的始终。一个球没投中，我不会担心后面的一个可能也投不中。还没投，干吗担心投不中呢？

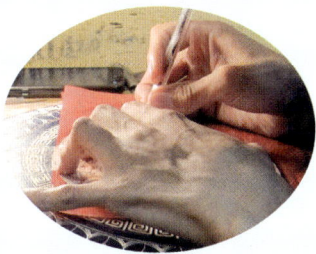

乔丹还说：什么是真正的幸福？这是每个球员（尤其是年轻球员）需要作出回答的。很多球员认为，出去看电影，上酒吧，每天晚上与不同的女人闲逛……诸如此类就是球场外最大的幸福，那总有一天你会毁了自己。

原来乔丹首先在心理上就胜出了。他根本没有时间沮丧，没有时间犹豫，没有时间旁顾左右，他是把所有的注意力都集中在打好每一个球上。

老天给每个人的时间都是二十四小时，谁能专注付出，积极作为，谁就能胜出。

乔丹肯定是有天赋的，包括身体素质和心理素质。也许我们很难拥有像他那样的天赋，但我们可以努力培养自己的专注力，尽可能心无旁骛，尽可能消除消极不良的情绪，这样我们的每时每刻都是有效的，都是在发挥积极作用的，哪怕在小憩或睡觉。因为心态平和，充满自信，即便休息也是在修复碎片，积聚能量。

踩准人生的节拍

人生的每个季节都要做适合该季节的事。读书、结婚、生子、立业等，都有其最合适的年龄段，这是自然规律，所以踩准了节拍，也算是天人合一了。

有的孩子，天资聪明，但是玩心太重，总觉得反正还小，先玩够了再说，于是在记忆力最好、最适合读书的年龄，却沉迷于打游戏、呼朋唤友地外出吃喝玩乐等，把学业耽误了，考试成绩一塌糊涂，学习的自信心也荡然无存，成了老师和家长的一块心病。这对将来中考、高考甚至以后的生存和发展都将带来严重的影响。

也有的整天除了学习还是学习，除了工作还是工作，以至于错过了结婚生子的最佳年龄。

有一个朋友的亲戚，学霸型的美女，早年留学国外，为了学业，两耳不闻窗外事。毕业后留在国外工作，又是"拼命三娘"。一晃，才貌双全的她就四十出头了，爸妈愁白了头不说，自己也几乎对婚姻绝望了，后来在教会认识了另一半，于是很快步入了婚姻的殿堂。

接下来的重中之重是生个孩子。因为不仅自己想要孩子，男方的家庭也着急。但是男女双方都过了最佳的生育年龄，一次次失败，后来尝试试管婴儿，也屡试屡败，痛苦不堪。好在意志坚强，忍受了常人不能忍受的痛苦后，终于造人成功，也算皆大欢喜，但是个中艰辛非外人所能体味。

还有很多电影明星，青春美貌的时候，人气高涨，片约不断，有的怕失宠于影迷而隐婚，更不敢生子；有的为了辉煌星途而无暇顾及个人问题；有的觉得反正啥都不缺，要男人有男人，要钱有钱，所以不着急。等到功成名就，获得了财富自由和身心自由，终于静下心来想结婚生子，无奈红颜渐逝，年华老去，愿意陪伴你终生的人已经很难寻觅，怀孕生子更是难上加难。于是，有的人到中年还是孑然一身，形单影只，有的虽然有了爱自己的另一半，但却始终未能迎来爱的延续，人前强装潇洒，又谁知梦中几回泪湿枕巾。如果有灵丹妙药，想必用价值高昂的别墅甚至所有身家去换都会愿意。

所以，人生的每一个阶段都有其最紧迫的任务。有时一路红灯便路路红灯，所以，一定要踩准节拍，顺时而为。

成功在摔倒的不远处

一个急于成功的人遇到一位智者，便向他打听："走哪条路才能够获得成功？"智者抬手向远方一指。这个人看着智者指引的方向，十分激动，他认为成功近在咫尺，便朝着目标大步奔去。不久，路上传来扑通一声，那人摔倒了。

过了一会儿，他满身尘土，一瘸一拐地走了回来。他寻思着自己一定误会了智者的意思，于是耐着性子再次询问。智者依旧伸手指向那个地方。这人半信半疑地又顺着老路走去，不久，又是扑通一声。这回他是爬着回来的，衣衫褴褛，浑身血污。

他对智者发怒了："我问的是成功的路，为什么我所得到的只有痛苦和受伤？不要用手指了，你用嘴告诉我好了！"

这时，智者终于开口了。他说，成功就在那个方向，在你摔倒的地方不远处。

凡·高生前创作量很大，其中只有一幅画《红色葡萄园》被一名叫安娜·波克的妇女买下。1890 年 7 月 27 日，因为贫病交加，一直靠弟弟的资助生活的凡·高用一把左轮手枪结束了自己的生命。

他在一生中对爱情十分珍重和执着，却多次遭严厉拒绝，

几乎没有享受过真正的爱情。

　弥留之际，凡·高躺在病榻上说："人生便是痛苦。"

　读过《凡·高传》的人都深深知道，他是一个多么可爱的人。他善良得让人心疼，他宁愿四五天不吃饭也要将自己的一点钱物分给那些矿工，那些穷人。他经常许多天吃不上饭，饿着肚子拼命作画，以致头晕目眩，甚至一病不起。这个世界几乎没有人理解他，关心他，除了他的弟弟提奥，而提奥却在遥远的巴黎，很难知道他的状况。

　直到1990年5月，这位生前绝望得难以

维持生计的画家的一幅作品《加谢医生的肖像》在拍卖中拍出了 8250 万美元的天价，创出了有史以来单幅画的最高价格，这个纪录保持到 2004 年。另外，他的《向日葵》拍出了约 4000 万美元，凡·高自画像（《没有胡子的自画像》）拍出了 7150 万美元，《鸢尾花》拍出了 5390 万美元。

如果泉下有知，凡·高该是多么欣喜若狂，他所有的付出其实一点都没有白费。

但是，这已经是他去世一百年以后的事了。

凡·高的故事是一个特例。对很多人来说，成功是有生之年可以企及的，只要肯坚持再坚持。

吃得苦中苦

他的经历堪称传奇。

他是一家大集团公司的老总，曾经在北方的一所高校任教并做到教研室主任。为了回到南方，并让孩子接受更好的教育，来到杭州的一家企业，从最底层的打包工做起，直到站柜台，再做到销售经理、公司老总。在每一个岗位，他都兢兢业业，用心付出，他所带领的企业在行业中卓尔不群，他自己也在业内赫赫有名。

　　退休后，他谈起自己的经历，很感慨地说：上半生把自己当作人，结果不像一个人；下半辈子不把自己当作人，却活得像人。

　　确实，年轻时，我们一无所有，却自视甚高，总希望得到别人的尊重，希望生活按我们想象的样子存在，希望能引起别人的注意甚至重视。一旦被忽视，被贬低，被冷落，就觉得委屈，觉得不公平，觉得受歧视，心里常愤愤不平，结果常常碰得头破血流。

　　等到遭遇挫折，撞了很多次南墙后，棱角磨掉了，心态平和了，有了妥协和坚守。知道尊重别人，知道委曲求全，知道脚踏实地、埋头做事，也不再太在乎别人怎么评价，反而会得到很多的助力。慢慢地，就顺风顺水，活出人样来了。

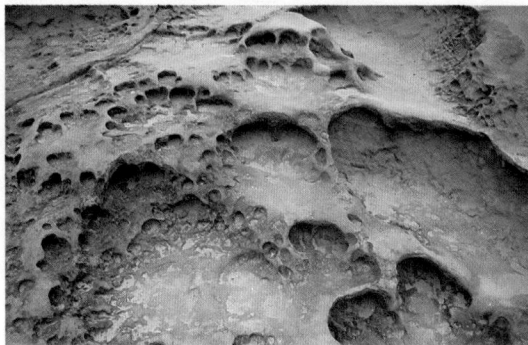

当牌不好时

人生的成败与玩牌游戏几无二致，关键在于手上牌不好时如何尽量打好。当拿着一手好牌时，顺风顺水一点都不稀奇。

人生最关键的只有几步。

在处于不利时，怎么能够心平气和地积极面对，如何能够尽量减少损失。这个时候，抱怨、生气、自暴自弃都是于事无补的。急躁、怨恨、撂挑子也只会让局面越来越糟。

所以就这样安慰自己："天将降大任于是人也，必先苦其心志，劳其筋骨，饿其体肤，空乏其身，行拂乱

其所为，所以动心忍性，曾益其所不能。"就把自己所受到的磨难看作上帝给予自己的财富吧。有一个好心态，耐心地熬着，就会慢慢走出困境，总有一天会峰回路转。

老年时遭遇厄运当然是最不幸的了。这时留给你弥补损失、舔舐伤口、东山再起的机会和时间很少了。怎么办？只有笑着对自己说，老天选择我来承受磨难，就让我来面对吧。

褚时健老年入狱，女儿自杀，一生英名瞬间烟消云散。但是他没有倒下，出狱后选择自主创业，栽种橙子，历经几年的辛苦，又成就了令人羡慕的事业。

与他相比，年轻人遭遇到一些不幸和磨难，又有什么可悲观的呢？

为恶与见"鬼"

王熙凤大观园遇鬼是《红楼
梦》里的情节。

中国的很多故事，都会有为
恶的临死前被"鬼"纠缠的情节，
也许有些流俗，没有创意，却也不
无道理。因为人临死的时候，知道
自己再也不能弥补什么，恶已经铸
就，心里的枷锁再也无法在今生脱
卸，要戴着它去另一个世界，于是
就必然心生恐惧，甚至崩溃。脆弱
的内心就幻生出屈死的灵魂来索命
讨债、纠缠追迫。

所以，恶永远是不可能战胜善的，为恶的即使没被他人和社会惩罚，也会被自己惩罚。因为每个人心中都有一杆秤，人最无法逃避的是自己对自己的审判。还未完全泯灭的一点点良知会时时噬啃自己的灵魂——除非是十恶不赦的人，没有一点人性或没有受太多文明熏陶的人。

当然，也有一些人选择不断作恶，因为他们的良知已经泯灭，要通过为恶来刺激自己，就像连环杀手，他们已经与禽兽无异。但即使是这样的人，夜深人静时分，内心必然也是无法安宁的，而且是彻底寂寞的。因为不能与世界和他人对话，他们的内心长出了一根根针刺，一触到就钻心地痛，又不能向别人倾诉，只能独自承受。

人在冲动的时候出言不逊或出手过重，也许是可以原谅的，但是在理智的情况下，一点点地积累恶则是最不可宽恕的。通常，为恶者有一个自认为冠冕堂皇实则十分牵强的理由，因而不免心虚。在夜深人静时，这个理由就会像遇见照妖镜一样不堪一击，于是就见"鬼"了。

软与硬

橄榄枝的背后必须是荷枪实弹，敌人才会服软和接受，也才有可能对你心存感激。否则就会不屑一顾，露出鄙夷之色。哪怕真和谈了，条件也是苛刻无比的。没有实力，一味求和，只会被对方看不起。

在谈判桌上，对于卖方来说，价格哪怕提高 0.001 个百分点，也要靠产品的技术含量和质量过硬，靠市场对产品的认可，靠谈判者事先掌握的信息数据，而不是靠临场口才的发挥，或声泪俱下的祈求。

想与竞争对手言和，首先得有底气。两虎相斗，必定两败俱伤，这时你提出大家好自为之，和平相处，对方才有可能给自己找一个台阶下，并为你的人品和气度所折服，否则就等于是与虎谋皮。哪怕一时心软，放你一马，一旦有风吹草动，或情势有变，马上就会故态复萌，因为掌握主动权的是他，而不是你。

战争不相信眼泪，市场也不相信眼泪。所以，任何时候都不要忘记提升自己的能力和水平，不要因为自己心地善良就以为别人也会对你垂怜，不要因为自己健忘就以为别人也会一笑泯恩仇。

硬有软来衬托才更硬得有气度和涵养，软有硬做支撑才是真正的包容而不是投降派的软。

提升自己人生的轴心

　　办公室新来了一位女同事，让她做事，总是很高兴，好像中了彩票一样，哪怕力有不逮或非她职责范围的，也从不推辞。假如有两种方案可以做，她总是挑结果最圆满的，哪怕需要多付出。她甚至会想出比领导交办时更麻烦的方法，因为效果更好。所以，哪个领导都爱找她，她锻炼的机会就多，能力的提升就特别快，自然成了最不可缺少的人、最有价值的员工，升迁只是时间问题。后来她果然早早就升迁了。

　　经济学上，价值规律是：价格围绕价值，根据供求情况上下波动。从某一时段看，有时价格高于价值，有时价格低于价值。当价格高于价值时，售卖者兴高采烈，可以多得收益；当供过于求，价格大跌，连成本都捞不回来时，售卖者就像被人宰了一刀甚至洗劫了一般。其实，从长远来说，价格总归是围绕价值这个轴心的，如同孙悟空跳不出如来佛的手心一样。虽然国家政策的因素，包括天灾人祸也会影响到产品的命运，但就一般规律来说，就大概率来说，这种价值决定价格是天条。

其实一个人的能力和素质就像是这个价值，你的实际所得和被社会认可的程度就是价格，说白一点，就是你的薪酬和其他利益，如地位、名誉等。所以，最重要的是要把自己的价值轴心抬高，使自己本身具有较大的价值，而不是祈求别人来抬高你的价格。当然，这个轴心既可以是自己的技术能力和学识水平，也可以是自己的管理能力和判断力，还可以是勤快忠实、亲和力甚至善良和幽默的品质，等等。总之，是你的情商和智商。做到让周围的人喜欢，甚至不可或缺，你就是有特殊价值的人。

更何况求己容易求人难，你不能保证别人一定肯帮你，或者永远有贵人相助。不要想一步登天，也不要埋怨命运的不公。要相信，任何人是不可能被别人打倒的，打倒自己的只能是你自己。

试想，假如你是一个力大无比的拳手，你怕谁的拳头？

有些路只能一个人走

闲来整理书信，发现一封三十年前写给女儿的信，读来感慨不已——

孩子：

这是妈妈写给你的第一封信。

刚满二十二个月的你自然是不可能读懂的，但是，我还是写了，或许等到你能读懂以后，会更好地理解妈妈，更坚强地面对人生。

从你降生到现在，就没有离开过外婆，妈妈在你六个月时就让你断奶了，然后你就跟外婆回老家了。白天，你捏着外婆的鼻子叫大白象，晚上你两

手抱住外婆胖胖的手臂睡觉。所以你到杭州后，常会
情不自禁地叫我阿姨，甚至姐姐（当我穿着比较鲜艳
时），因为那时外婆家里没电话，长时间没有妈妈的
声息，所以在你幼小的心里，妈妈的概念实在很抽象。
但是一星期前，当你还在梦中咂巴着小嘴时，一辆回
老家的小汽车把外婆悄悄带走了。于是，这些天来，
妈妈再没有看到你疯疯癫癫地笑闹了。好几次，你追
问我：外婆呢？外婆呢？一边说，一边眼泪就扑簌簌
地掉下来了。

　　第一天上托儿所，你硬是跟定一个酷似外婆、也

留着齐耳短发的老妈妈。因为陌生，你总是隔着一米距离怯生生地跟来跟去。她走，你也走；她坐下，你也停下——仍然是隔着一米距离，一边哭喊着外婆，一双泪眼可怜巴巴地望着老妈妈，似乎在哀求：外婆，能抱抱我吗？

妈妈在窗外侧着脸偷眼看着，心里清楚，你这是在追寻那份突然失去的亲情。但是她毕竟不是你的外婆呀，她似乎根本没看见你。于是你就一直孤单单地站着，跟着，哭着。看着你可怜巴巴的样子，妈妈的心都要碎了。

上班时间到了，妈妈狠狠心逃离托儿所去上班，但妈妈的心里只有你那双泪眼和"外婆呀外婆呀"的哭喊声。提早下班接你，原以为你一定会号啕大哭，要不就是搂住我的脖子不放，想不到，刚抱起你，你就哽咽着断断续续地说，饼子吃过了，MAMA（饭）吃过了。

孩子，妈妈并没有问你，你为什么急着向我汇报？你为什么不抱住妈妈尽情地哭一通？或许你是担心妈妈的记挂，或许你是为自己终于挨过这一天而欣慰，神情竟有几分我不熟悉的落寞、独立、成熟和遭到遗弃后的坚强，妈妈真的好心酸，毕竟，你才是个二十二个月大的孩子呀。

晚上，你终于爆发了，大声哭喊着"外婆，外婆"，小身子一挺一挺，抱也抱不住，仿佛要挣脱我回到外婆的怀抱去，眼泪一串串地掉下来。妈妈真希望有飞船立刻把外婆接回来，但是，女儿呀，妈妈即使现在把外婆变出来了，以后总有一天会变不出来的。

记得席慕蓉奶奶说过，有些路是一定要一个人去面对，一个人去跋涉的。

安然面对一切

　　预报说，今天雨过天晴，是拍照的好时机。早就想好双休日大清早就起床外出拍照，但是昨天脚小扭了一下，在一个看似很平坦很安全的地方。此刻，眼睁睁地看着窗外的阳光把雨水冲刷过的干净叶子照得翠绿耀眼。

　　人生，变化总比计划快。有时变得比预想的好，甚至好很多，有时相反，有时莫名其妙出现一些比小说还小说的插曲。

　　曾和弟媳约定一起去外地旅行，她好不容易请好长假，把钱也都付给旅游公司了，结果就在出发前，因家里地下室在雨天进水，下楼梯时滑了一跤，竟然严重到把腰椎骨给摔裂了。于是，在

我独自上路时，她在床上躺了整整一个月。

是啊，我们可以安排旅程，但不可能安排天气；我们可以安排聚餐，但不能确保所有的人都有空或有兴趣；我们可以安排外出，但不可能安排一路交通顺畅；我们可以尽自己所能安排好学习和工作，但不能保证自己和家人事事处处都称心如意。这就是生活和人生的真相。它会有一定的规律和方向，但也有很多的意外和不测。我们所能做的是坚持做好自己，规划好自己。同时，安然面对一切：安一切的好或者坏，安一切的变。而且无论何时何地，都要安放好自己的心灵。

比如扭脚，又比如航班延误，丢了皮夹，上当受骗，等等，我想，这种事是经常发生的——好日子都让自己过了，倒霉的事都归别人，也不可能吧；反过来也一样。

切莫人比人

◎ 不管怎样
◎ 人与人本来就不可比
◎ 快乐秘方
◎ 放松的好处
◎ 享受每一个"快乐的瞬间"
◎ 让理性靠边站

◎ 那些你不知道的
◎ 惜　缘
◎ 闲话交友
◎ 心　安
◎ 佛学与人生幸福
◎ 杂念也是佛

不管怎样

　　你今天做的善事明天就会被人遗忘。不管怎样，你还是要做善事。你如果成功，得到的会是假朋友和真敌人。不管怎样，还是要成功。

　　你耗费数年所建设的可能毁于一旦。不管怎样，还是要建设。你坦诚待人却受到伤害。不管怎样，还是要坦诚待人。

　　心胸最博大宽容的人，可能会被心胸狭窄的人击倒。不管怎样，还是要志存高远。

　　人们的确需要帮助，但当你真的帮助他们的时候，他们可能会攻击你。不管怎样，还是要帮助他人。

　　将你所拥有的最好的东西

献给世界，你可能会被反咬一口。不管怎样，还是要把最宝贵的东西献给世界。

这是被广为传诵的特蕾莎修女的"人生戒律"。

我们很难有修女的胸怀，但是在我们的生活和工作中，记住这"不管怎样"，将会使自己终身受益。

因为做一件好事并不难，难的是一辈子做好事。人往往会因为被欺骗一两次，失望、失落而把自己的心态搞坏，有时甚至万念俱灰，对他人、对生活丧失信心。而面对这样的结果，最终受伤害的还是自己，因为你不再信任他人，不再对人施以援手，不再有可爱的笑容，不再有恬静和安详，总是提防、猜疑，甚至冤冤相报，最终落入无法自拔的恶

性循环之境地。

恶和善都会有循环，避免恶的循环，促成善的循环，我们只能靠自己。因为我们不能逼迫别人改变，只能改变自己。每当自己沮丧、失落甚至心存报复的冲动时，就赶紧默念：不管怎样，我不能出错；不管怎样，我不能出言不逊；不管怎样，我不能行恶。要记住普希金的话："假如生活欺骗了你，/不要悲伤，不要愤慨！/不顺心时暂且克制自己：/相信吧，快乐之日就会到来。/我们的心儿憧憬着未来；/现今总是令人悲哀/一切都是暂时的，转瞬即逝；/而那逝去的，将变为可爱。"

生活中，我们很少碰到修女所说的以怨报德的情况，更多的是遇到被误解、被猜疑、被压制等，这难免影响心态。如果读读修女的"不管怎样"人生戒律，就会豁然开朗。她做好事却招致祸害，但招致祸害后照样我行我素地行善积德，相比之下，我们还有什么不能释怀的呢？

人与人本来就不可比

"每当你想批评别人的时候，要记住，这世上并非所有人都有你拥有的那些优势。很多时候，很多人做不好事情，不是不想做好，而是没有能力做好。这时候，批评指责是没有用的，甚至是罪过的。"

这是美国著名作家菲茨杰拉德的父亲对年轻的他说的话。

    我读到这段话的时候，已经年过半百，但却着实大吃一惊，因为我从来没有想到我们还可以这样去看待别人。也突然明白，对一些小辈，很多时候是自己过于苛刻了，而对于自己的一些短处，也似乎更容易原谅了。

    菲茨杰拉德是 20 世纪最伟大的美国作家之一。他很幸运，有这么一个好父亲。

　　这段话看似平常，其实却蕴含了深刻的道理。确实，一个人表现不佳的时候，绝大部分时候是由于天生禀赋不够，所以做领导的，应该知人善任，把合适的人放到合适的岗位，而不能自己用错人，又把错误责怪到对方头上。

　　对孩子也是，父母和老师应该最清楚孩子和学生的特长和短处，对于孩子特别不擅长的要格外容忍和谅解，并努力帮助他们提高。有的孩子很聪明，但丢三落四，就要想方设法帮助他避免犯错，而不是一有状况发生就责骂和批评，这根本就于事无补，而且很伤害孩子，打击孩子的自信心。有些孩子记忆力或理解力不是很强，学习上难以出众，甚至远远不如其他同学，他们自己已经感到抬不起头来，我们怎么能够再去责难他们？其实，他们只是不善于学习而已，其他方面不一定比别人差，甚至还超过别人呢。

　　人与人本来就不一样，我们不要勉强自己与别人一样，也不要勉强别人跟自己一样。

快乐秘方

曾有一个少年问一位智者："我怎样才能变成一个自己愉快，也能带给别人快乐的人？"

智者送少年四句话：**把自己当别人，把别人当自己，把别人当别人，把自己当自己。**

智者的四句箴言好比一帖快乐处方：

把自己当成别人——

遭受挫折、屈辱时，把自己当成别人，便能置身事外。要想到倒霉的事总是经常发生的，不必太在意。功成名就，取得成绩时，把自己当成别人，就不至于得意忘形，被胜利冲昏头脑。把自己当成别人时，就会站在另一个角度看自己，这样就不至于自我封闭，作茧自缚。

把别人当成自己——

与人交往，凡事设身处地地为别人着想，这事落到自己头上，我会怎样想？该怎么办？对别人多点同情心、多点帮助。

把别人当成别人——

做人不要自以为是，明白萝卜青菜各有所爱，学会尊重别人，理解万岁。不强求别人怎样想、怎么做，那是别人的自由和意志，你无权干涉。

把自己当成自己——

任何人都有自己的独立性、个性，你就是你自己，不是别人，要倾听自己内心的声音，不要人云亦云，不要盲从。把自己当成自己时，就得承担起自己的责任。

少年依智者之言走过他的人生历程之后，也成了一位智者，他是一个愉快的人，也给每个见过他的人带去快乐……

放松的好处

2006年3月，乌拉尔山区巴什科尔斯坦的一名妇女从约三十五米高的十一层楼坠落，却只受了一些轻伤，生命安然。

经分析，一是楼下厚厚的积雪成了救命的软垫子，二是摔下时该妇女已失去部分知觉，身体较为放松，使她能死里逃生。

看来，处于放松状态，是人自我保护的一大秘方。

一日本妇女的亲身经历，也充分验证了这个道理：

她人到中年，丈夫经常早出晚归，越来越独立的儿子对她也总是爱理不理。她闷闷不乐，感觉活着就只是为了尽义务，自己快成了没有灵魂的机器。

后来在朋友的带动下，她参加了志愿者活动，义务照顾孤寡老人。她做了自己的拿手好菜定期到老人家里拜访，陪老人聊天，每当听到老人对她的菜肴和服务由衷的赞美，看到老人开心的笑脸时，她总是比老人还高兴。渐渐地，生活不再是没有寄托的了，她觉得活力和生气又回来了，于是变得越来越开朗，每天都笑眯眯的。

结果呢，她发现，不知不觉地，老公和儿子在家里待

着的时间越来越长，因为被她的心情所感染，家人越来越喜欢与她相处。

是啊，谁愿意整天跟一个拉长着脸，好像谁都亏欠她的人待在一起，哪怕她是你的老婆或亲娘？

这也是放松的好处。原来她太紧张了，因为无所事事，所以有太多时间用于担惊受怕、怀疑猜忌，直到后来找到自己的寄托和价值。

生活中，我们都太紧张了，紧张自己的孩子、自己的丈夫，紧张自己的职业和竞争对手，还紧张自己是不是会快速变成黄脸婆，于是每天都处于惶惶不安之中。

人只有处于放松状态，才会愉悦地欣赏清风明月，感受鸟鸣花香，才能忙中偷闲地在太阳底下嗑瓜子聊天，才能怀着一颗平常心看待周遭的人和事，也才可能有健康的身心和令人舒服的外貌与气质。

老子说："夫唯不争，故天下莫能与之争。"林语堂更进一步："不争，乃大争。不争，则天下人与之不争。"大概说的就是这层意思吧。

享受每一个"快乐的瞬间"

朋友发了一则英文短文，大致意思是讲上帝和一位父亲的对话，使父亲知道了，生命是很短暂的，人世间的一切都不属于他自己，包括田地、房子和孩子，只有每一个瞬间才是属于他自己的。

太对了！因为等你告别这个世界的时候，再多的票子、车子、房子，都是带不走的；而孩子养大了，就单飞了或者有了自己的另一半，有了属于他们自己的生活。

时间的长河是由每一个瞬间构成的。你有越多的瞬间是快乐的，这一生就越是快乐。而且很多快乐就在过程中，比如画家和书法家，创作完了，作品也许就送人了或者卖掉了，最快乐的是创作中的灵感迸发和得意之笔。

很多人包括我自己，总是匆匆赶路，

心想着等退休了就好了，就有时间外出旅游或者享享清福了。其实一旦退休，新的事情仍会接踵而至，比如年老的父母需要你照顾，比如你的孩子有了下一代需要你帮助抚养，等等。所以，我们要找机会随时随地给自己放假、随时随地给自己提供片刻享受的机会，包括坐下来喝一杯咖啡，做完家务播一段轻松的音乐，一家人团聚或者自己独自一个人时开一瓶红酒细细品味，等等。

总之，我们要珍惜和享受当下点点滴滴的小快乐、小确幸，只有这，是属于自己的。

不会老的女子
切莫人比人

让理性靠边站

单位楼下的书店有一本书，书名是《艺术，让人成为人》，哈佛大学一位教授写的，已经第八版了。

翻阅了一下，很有触动。它的前言写道：对于理性的执着必然导致人与自我的疏离。因为亚里士多德说过，人不只是一个理性的存在。一旦人与自我分离，就会"异化"，在个人表现为身心疲惫，在社会就是整体的不和谐。

个人认为，人不能没有理性，但也确实不能太理性，所以让脚步慢下来，让灵魂跟上，让良知跟上，让情趣和天真跟上。不亦乐乎？

做自己喜欢的工作，等于在带薪休假。但认清自己的喜好不是一蹴而就的，于是难免走弯路，甚至一辈子都游离在负责和逃离之间。

所以一定要倾听内心的声音，要确认自己的喜好和特长。

作为父母，不仅要清楚自己的喜好，还要清楚孩子的喜好并鼓励孩子一直追逐自己的喜好。这既有最无私的爱和对生命对人生的深刻理解，也是对人类最负责任的体现。

因为做自己喜欢的事最投入，最符合天性，也最容易出成果，虽然这成果以世俗的眼光看，不太来钱，不太受众人的青睐，但却默默地汇成了人类在各领域的探索和攀登，以及在"认识你自己"之路上的不断求证和摸索。

那些你不知道的

　　年纪大起来，就变得怀旧了，所以同学会也就越开越多了，有小学的、中学的、大学的，每次参加完同学会总会感慨良多。

　　有的原来在学校里很不起眼，现在已是成功人士，或手握大权，或身家上亿；有的曾经是班干部，现在却下岗自谋职业，四处打短工，甚至拉三轮车。

　　有一次参加初中的同学会，

有一个女同学第一天来了，但第二天没来。她原来是我们班的班花，很漂亮，还能歌善舞，初中三年一直是文艺委员，读书成绩也不错，父亲原是工业局的干部，把她安排在商业系统，因单位经营不善遭遇下岗，自己开了一家小馄饨店。三十多年过去了，现在还风韵犹存，身材也不错，打扮也得体，但因为一直操劳，脸上的脂粉掩盖不了细小的皱纹和身心的疲惫。她说因为馄饨店要早起，晚上又睡晚了，所以有点头疼，不来了。听了真的让人有点心酸。

我总是特别佩服和敬重那些来参加同学会的境遇不好的同学，他们真的很重同学情谊，且心态很好。换了我，如果很落魄，很可能就托故不参加了。

与同学谈起家常，知道他们中有的夫妻俩都很不顺利，但是子女很会读书，带给他们很大的快乐和骄傲；有的很成功，很光鲜，但是实际上又饱尝奋斗的艰辛，包括身体上难言的疾患。我的一个很要好的女同学就告诉我，她因为经商一直精神很紧张，现在虽然已是一家公司的老板，资产不薄，但已经得了一种目前无法治愈的疾病，相当于人的整个指挥系统失灵，只能每天注射一种药物帮助身体各机能运转，与丈夫也已离婚。我想，所有不知情的同学都很羡慕她的成功吧。

　　是的，我们总喜欢用自己的眼光去判断、去下结论：谁是快乐的，谁是不幸福的；谁是成功的，谁是失败的。其实芸芸众生，包括你的同学和亲友，有太多你不知道的：那些你不知道的幸福，那些你不知道的苦难，那些你不知道的荣耀，那些你不知道的辛酸，那些你不知道的难以言说的秘密。

　　我们能做的，只有尊重每一个人。在学校里要尊重成绩不好的，他只是对学习不感兴趣，日后可能成为企业家甚至慈善家。推而广之，要尊重到你门前要饭的，甚至犯了错误的。尊重你的下属，哪怕他就要被辞退了；也要尊重与自己的观念和价值取向相背离的，因为每一个人都有你不知道或知之甚少的苦衷和经历。

惜　缘

参加过很多次同学会了，有太多的温馨，也见识了酒后小小的冲突，感动过，也诧异过。也许就因为相识于懵懂时，曾同吃同睡，于是就少了忌讳，多了坦率。所以如果谁谁出言不逊，谁谁依然没心没肺，我们就笑笑吧，江山易改，本性难移，谁让我们是同学呢。

但同学就是同学，不是姐妹兄弟，更不是父母，曾帮过你，感恩；未帮过你，正常。因为同学不欠你。或许也有相欠的，让我们以某种方式补偿或者宽恕吧，因为我们是同学。

同学发达了，让我们衷心祝贺，可以羡慕，不可以嫉妒与恨；不发达，让我们相互劝慰，千万不要轻视。同学会是寻找温暖的，否则不如不开。我们一定

会谈过往，但尽量不计前嫌；会谈未来，但切莫悲观，要互相打气。

同学情谊有深有浅很正常，有讲得来有讲不来的，有投缘有不甚投缘的，一切顺其自然，就像花开花落。但是不管缘分深还是浅，都应该真诚相待。只要怀有一颗平常心，你就会发现，他或她其实也挺可爱的。

至于职务和收入高低，大可不必太介意。现在吃喝不愁，子女也都成家立业，只要有健康，谁怕谁呀。

人生已进入中老年，干事业最好的时光已经过去，老之将至的身体，各种危机也已经潜伏，调养好了就有健康安好的晚年，让坏心情左右就会风险倍增。无论为了自己还是家人，让我们放下一切的不满、不快、不甘，抱团取暖，携手共度，共享人生最后的数十年。

弹指一挥间哪，让我们经常回想同学时的美好，弥补一切想弥补的，并努力创造新的美好，这样我们就会有一颗放松慈悲的心，倾听花开的声音。

闲话交友

　　每个人都有一双眼睛，多一个朋友就多一双眼睛看世界。每个人都有两条腿支撑自己，多一个朋友就是多一根拐杖，当你两腿发软时，他或她可以扶助你继续前行。

　　与性格相异的人交友，是因为欣赏他们有别于自己的价值观与生活方式；与性格相同的人交往，则所谓物以类聚、人以群分，惺惺相惜。

　　交友实在不必考察太严，只要彼此谈得来，无论年龄、阅历、学识、性格、爱好是否相似，都可以交往，但有一条千万不可忽视，那就是要有德有义。人本来就活得很累，交友的目的就为了能放松一下神经，彼此安慰鼓励，而无德无义的人只会让你徒增烦恼。

我总以为，全身心地投入世俗生活，感受爱与恨、快乐与痛苦是一种美，而把自己抽离出来，用恬淡怡然的心境静观世事人心，包括观照自己的灵魂，探求人生的真谛，也是一种特殊的享受。交朋友就能给你这双重的乐趣和体验。人往往最不了解自己，而在朋友面前则往往最不设防，所以知心朋友总能用一两句话就点出你内心深处的念想或连你自己都不明了的性格，让你大吃一惊。反过来也一样。这就

有点像全息电影——你明明是观众，但同时又切切实实感到是进到里面去了。

交友也要随缘。人与人之间在某些方面相互吸引，在特定环境下彼此靠近，一旦环境改变了，感情的深度、表现形式也会随之改变，但美好的记忆却会永远留存在心灵深处。就像那海潮虽然来去无踪，但海滩上留下的贝壳却永远熠熠闪亮。交友如果执着于永恒不变，就有些像夸父逐日，渴死了自己，对太阳亦无任何益处。

有人说，水至清则无鱼，人至察则无徒。我以为人至察也无妨，只要记住一个字——恕，理解万岁。多一些理解，多一些设身处地，恕就自然有了。

心　安

　　女儿把医学硕士论文带回家给我们看，前言写道："感谢爸爸、妈妈物质和精神上的支持，并一直提醒我大医精诚的人格修养。"甚慰！

　　《大医精诚》一书是早些年我买给她的，记录的都是名医的精神世界和道德故事，医者仁心，读来很觉感动，也更相信一个人能成就一番

　　事业，总是需要精神上的强烈感召。原以为这上下两册书被搁置蒙尘，看来至少是翻过并在心里留下印记了。

　　医生是人，难免有失误，但病人把生命交给你，绝不能有一丝歹念，包括欺骗隐瞒和将错就错，更不能谋财害命！

　　我们都是俗人，做不到视名利如浮云，但唯有心安才是灵魂的故乡和归宿。女儿年纪轻轻就已悟到孰轻孰重，我们应该此生无忧。

佛学与人生幸福

　　曾经蛮鄙视佛教的，因为记忆中的佛教就是装神弄鬼的大仙，是吓唬人的有关地狱的种种说教。

　　直到认识了香港的觉真法师，才知道佛教是那样博大精深，是那样包容，充满大智慧。他从来不跟我们谈什么极乐世界和地狱，从来不忽悠我们，也不吓唬我们。他的文字也都是些无怨无悔、积极处世的道理。他一生垂范，从不与人计较，总是特别谦和忍让，宁可委屈自己也不麻烦别人。他自己物欲极淡，节俭无比，连吃饭时掉一粒饭都要从桌子上捡起，旁若无人地送进嘴里。他最热衷于弘法，一旦有人请他讲课，就容光焕发，哪怕一分报酬都没有，都会通宵达旦地认真备课。

他总是安安静静的，安静地说话，安静地微笑，安静地吃饭喝茶。

他告诉我们：你的言行举止都是会有回馈的，你笑了，你身边就会是笑的海洋、爱的磁场。

他告诉我们：学佛不是消极避世，而是让你放下所有让你不快乐的东西，轻装上阵，成就自己和别人。佛学中的低调不是故作姿态，而是从内心深处放低了自己，谦卑而慈悲。

确实，与一般功利性的人生智慧不同，佛学讲的人生智慧是爱，是宽恕，是平常心，是心灵的宁静。学佛就是学水的精神、水的耐心、水的姿态，因为"上善若水"。

学佛，让你从根本上忘记仇恨、嫉妒，去掉贪婪、彷徨和抑郁，去掉功利。没有了压力，没有了怨恨，没有了猜忌，没有了计较，你就一身轻松。脱卸下不该背负的东西，于是灵感、创意就源源不断，你会从内心微笑，笑对人生。

社会不是真空的，永远会有纷争、竞争和矛盾，所以，学一点佛学，对人对己都好。

杂念也是佛

一天，我在姐姐家里的茶几上看到一份口述材料，是一个目不识丁的佛家弟子的口述，她说人在念佛时难免也会有杂念，而这种杂念也是佛。心里一惊。

这是一位出家为尼的老妇人，没什么文化，但潜心学佛。虽然佝偻着身子，面有菜色，但两眼炯炯发光，感觉特有定力，特有大智慧。她的口述，有很高的境界，看得我目瞪口呆。

确实，对凡夫俗子来说，做瑜伽或一个人打坐想要入静时，常常会有杂念如火山般不间断地喷发，真正入静入定的时间很短。于是心里很懊丧，结果呢，越懊丧越不能入静，效果适得其反。为什么呢？就是因为把这些杂念看作是敌人，看作该排斥的东西，老是与它做斗争，它就倔强地探头探脑，甚至赖着不走。

相反，假如你认可它的存在，认可它也是你心中自然产生的意念，善待它，尊重它，才能最终忽略它，它才会悄然逸去。

生活、工作中也一样，有了烦恼和痛苦，首先不要乱了方寸，而是尊重现实，正视现实，把心定了。既来之，则安之，才能生出智慧，生出理性，生出宽容，生出豁达，才能精神饱满，心似明镜。

六祖有言：菩提本无树，明镜亦非台。本来无一物，何处惹尘埃。其实尘埃是客观存在的，只要你自己心里洁净，光滑得如绸缎一般，尘埃就粘附不上。

怎样才能使自己的心洁净光滑？

心中有一架天平，凡事要对得起自己的良心，使自己在夜深人静时可以毫不愧疚地面对自己的内心；要知道感恩，要公正对人，要多做善事，要对得起自己的这份工作。同时也要学会宽恕自己，不要求自己时时处处是佛。你是人，也会犯错，你难免会下错棋，走错路，这样就能随时随地让自己放下包袱，内心澄澈透明。

珍惜每一天

及时去爱

据英国一媒体报道，泰国曾有一场很特别的婚礼：一名男子与意外过世的女友的遗体完婚，婚礼、丧礼同日举行。

新郎查迪尔在某社交网站留言说："你们也许认为这是伟大的爱，但对我俩来说，这是个没法挽回的错误。记着，人生苦短。想做就要做，好好照顾你爱的人，不管是父母还是兄弟姊妹，机会未必再来。"

婚礼、丧礼当日，查迪尔身穿黑色的燕尾服，将婚戒戴在披着白纱的安手上，然后他亲一亲安的手背，脸上尽是哀痛。虽然已天人永隔，查迪尔却说两人的灵魂会永远相伴。他把照片放上社交网 Facebook，点击率几天已逾四十万，网民都为两人惋惜。

二十八岁的新郎查迪尔是

电视节目制作人，与二十九岁的女友安在大学时期相识，交往超过十年。原本早有结婚计划，却因两人都太过忙碌而延期，直到一场车祸夺走了安年轻的生命。

人总是匆匆忙忙地赶路，头也不回地赶路，甚至不思考是否值得，是否必须赶路，只是机械地追赶着向前，或者因为跟谁赌气，跟谁竞争，因为颜面放不下，硬撑着赶路，全没想到其实慢一点也许更好。工作之余，把家安顿好，把家人照顾好，途中不时有风和日丽，鸟语花香，一边赶路，一边赏景，有张有弛，心情愉快。这样的人生或许会少些遗憾，多些圆满。

假如人类不会死亡

　　看报读到清代文华殿大学士张英的家书："万里长城今犹在，不见当年秦始皇。"是啊，物比造物的人活得久，江山比坐江山的长寿。人就是大千世界的一粒微尘，偶尔飘然而过。

　　虽然我们都痛恨死亡，害怕死亡，想方设法逃避死亡，但是我们不妨再问一句：假如没有死亡，会怎么样？

有人也许会说，活着多好，不死多好。

完全错了。真正的答案是：那简直太可怕了！

试想：如果你过得很糟糕，但是却活了一千岁一万岁；你不想活了，但是却任凭怎样折腾都死不了，你不觉得害怕吗？

就算你过得很舒心，如果你知道自己不会死，你有的是无尽的时间和未来，你会急急地起床，急急地赶路吗？你会觉得我以后再努力好了，于是，你很可能一直慢慢吞吞，永远碌碌无为，于是越来越讨厌自己。太富有，就不珍惜；厌倦了，就可能堕落；堕落了又没办法弃世，这难道不让人害怕吗？这简直就是世界末日。

所以，真的是要感谢死亡，这是老天最好的设计！等到那一天来临时，要平静地面对死亡，隆重地迎接死亡的来临，与死神亲切地握手，对死神说：

哦，你来了，轮到我了？好的，我跟你走！

临终前最欣慰的是什么？

临终前最欣慰的是什么？很多人会觉得是自己一生很成功，或者，子女都很有出息。我觉得，还应加上一条：不欠债。

孙东林，在包工头哥哥因为车祸去世后，虽然民工的账目不清，还是与母亲一起赔上自己的积蓄，还清了欠民工的几十万薪酬。没有账目，他们让民工凭良心自己报账。他知道，哥哥生前不欠人一分钱，人走了，债不能跟着走。

很多人以为亲人之间就可以不言回报，不用还债，差矣！

为什么你的父母、妻子、丈夫，一定要一直为你付出，而不用得到回报？那真不如喂养一头宠物好了，更何况宠物还会以自己的不离不弃和痴情回报主人。

　　很多女性，以为婚前丈夫追求她，所以可以恃宠而骄，可以毫无愧疚地花丈夫的钱，过轻松享乐甚至奢侈的生活，却很少要求自己对丈夫付出。其实，你的另一半是你最亲近的人。因为爱，你们走到了一起，但是这种爱也是需要回报的，没有人可以一直付出，不要回报，包括恋人。要不然等对方心意已冷，再要想挽回他的心就来不及了。

　　有的人对自己的另一半很忠诚和痴情，为了爱，甘愿牺牲一切，但是对父母却很少尽孝。这其实是一味地满足自己感情上的需求，把自己的天平倾斜了。

　　有的人对孩子百依百顺，却对父母不闻不问，甚至视为负担，这是道德缺失。养育孩子固然是应尽的责任，难道生你养你的父母就可以不管不顾？

　　有的人总是借口工作太忙，所以对父母很

少顾及。其实，你越成功越不该忘记自己的父母，因为你的基因是父母给的，你的成功也有父母的一份功劳。

其实，父母对你的要求并不太多，你如果自己没有时间，也可以让另一半和孩子挤出一点时间陪伴父母。总之，必须心里装着父母，记住父母是你在世上最亲的人，也是你在世上最大的债权人。

死亡就是生命中最好的一个发明

史蒂夫·乔布斯在斯坦福大学的演讲，相信很多人都不陌生。他说："当我十七岁的时候，我读到了一句话：'如果你把每一天都当作生命中最后一天去生活的话，那么有一天你会发现你是正确的。'这句话给我留下了深刻的印象。从那时起的三十三年里，每天早晨，我都会对着镜子问自己：'如果今天是我生命中的最后一天，你会不会完成你今天想做的事情呢？'当答案连续多次都是'不'的时候，我知道自己需要改变某些事情了。"

假如我们每个人都这样追问自己，十有八九答案都是"不"。这说明，其实我们的路已经走偏了，我们的人生定位和人生追求其实已经出现问题了，自己却浑然不知，或者虽然有怀疑或困惑，却没有勇气去摆脱和改变，其结果只能是越陷越深，最后追悔莫及。

　　所以，"记住你即将死去"，这是乔布斯一生中最重要的箴言，也是我们每个人都应该记住的最重要的箴言。

　　没有人愿意死，但是死亡是我们每个人共同的终点，从来没有人能够逃脱。一旦你把每一天都当作最后一天来过，你就会下决心做出一些重要的决断和舍弃，而它带来的很可能会是全新的生命体验、由衷的愉悦和快乐！

为什么学哲学的长寿?

听说北大哲学系的教授特别长寿。是啊,必须的。

他们信因果,知道世界是有联系的,违反规律的状况总是暂时的。

他们轻祸福,知道乐极生悲,知道凡事走到极端必然逆反。

他们齐生死,死是存在的另一种形式,更何况对自己来说,死根本就是不相干的事。

他们重精神,将义利关系看得很分明,物质相对于精神所带来的愉悦感总是微乎其微。

他们懂善恶,恶终究会一败涂地,不管何时何地,善总是最高境界,善有其自身无可匹敌的庇佑。

他们会养生,因为他们知道人定

胜天是个伪命题，所以信奉天人合一，顺四时，尽人力，不勉强自己，不晨昏颠倒。

所以他们不着急，不争，更不会想不通。任云聚云散，日出日落，我研究我的哲学，我过我安静祥和的小日子。能不长寿乎？！

我和春天还能约会三十次

上班的路，正好在运河边。春天到的时候，一路上，草长莺飞，桃红柳绿，运河上波澜不惊，来往的船只静悄悄地载着货物逶迤驶过。极目远眺，心旷神怡。两岸的绿堤上早锻炼的人们都自得其乐地打着太极、吊着嗓子或跳着广场舞，一派祥和。于是，不禁想，春色那么美好，我还能欣赏多少次呢？

回想小时候，总盼着快快长大，与小伙伴一起闲聊时，总恨不得马上就升级为大人，可以不用再读书，可以自己决定自己的命运。懵懵懂懂中，生命似乎无边无际。

读书了，生活在特殊的年代，虽然没有做不完的作业，甚至上课也有一搭没一搭的，但年少轻狂，意气风发，除了应付学业，忙着与同窗厮混，似乎也无暇顾及大自然季节转换中的美景更迭。

结婚生子，加上初启职业生涯，压力和考验多多，还要继续拿这个文凭，考那个职称。有很长一段时间，一周只休一天，累得跟机器人似的，哪有心思欣赏自然美景。外出的目的更多是带孩子兜风和踏青，而不是为了自己休憩和放松。

人到中年，老的已经从帮忙到需要帮忙，小的学业上帮不上忙，总得伺候好吃喝，希望考个好学校。单位里好歹算是骨干，不干不行。于是能按时作息已经不错。

一晃到了知天命之年，父母大多阴阳两隔，唯一的孩子飞离巢穴。空下来掐指一算，即使活到八十出头，与春天也只能再约会三十次了，还得指望身体硬朗，出行方便。

如此想来，岂能不珍视一年一度的春的问候，珍惜春天里看到的一花一草？

活着的意义

"人太忙和太穷一样，会使自己变蠢。"说得真对。

近来一直有做不完的事，回到家只想休息。这周末终于有闲心和精力看一点书，记录一点心思，感觉真的很好！

曾听一位祖籍义乌的老领导说过一件真实的事情。义乌的一个老板五十岁得了绝症，临死前让妻子取一百万元钱。在医院里，他当着家人的面用打火机把钱一张张点着了，直到实在烧不下手，烧掉了二十万。因为他恨自己、恨钱。要不是为了多多赚钱，他不会这么拼命，饮食无度，日夜颠倒。现在钱是花不完了，但自己已经无福享受，也再不能与自己最爱的亲人相伴。

命要丢了，才知道拿命去换钱实在是得不偿失。

国人因为穷怕了，因为缺乏经济保障，所以，对钱总是看得特别重。于是对很多中国人来说，爱是一种可有可无的奢侈品。为了钱，夫妻分居两地；为了钱，把孩子丢给老人，一年到头见不了几天；为了钱，可以牺牲爱情嫁给自己不喜欢的人……如此种种，不一而足，其中的牺牲太多太多。所以，在已经丰衣足食的时候，我们要多一些时间关爱身边人，关爱我们自己。

其实，物质是幸福的保障，但并不与幸福画等号。读杨绛的《我们仨》，深深感动于这对文坛伉俪携手一路走来时那份简约厚重的情意。他们的生活虽简单却又不乏品位。凡进过钱钟书家的人，都不禁惊讶于他家陈设的寒素。沙发是用了多年的旧物，多年前的一个所谓书架，竟然是四块木板加一些红砖搭起来的。生活简单得就像入不敷出的贫者，但其实，他们著作等身，稿酬丰厚。只是他们更追求精神享受，他们甚至没有时间去消费物质和金钱。

对知识和文化的渴求已经融入他们生命的血脉，像窖藏千年的美酒，馥郁而又醇厚。

是的，当太多的人都忙于争名夺利，拜金拜物时，

他们的行走、呼吸，无时不处在一种无形的压力之中，在功利的海洋中苦苦挣扎，直至心力交瘁。而那些怀着一颗简单心的人却自有其内心的平衡之道和高尚的精神享受。

一个老妇与穷女婿吵架，说："你知道什么是幸福吗？有钱就是幸福。"

没错，但是也请记住：世界上最美好的东西都是免费的，比如：睡觉、拥抱、梦想、家庭、美好回忆。

把每一天当作最后一天

　　有这样一个故事——

　　上帝给一个已死的人放三天假，让她回世上再活三天。这三天太短暂，也太珍贵了。她这天早上起来就感觉和以前大不一样，阳光格外明媚，花儿格外芳香，人们格外可爱。她心里非常紧张、激动，对每件事的感触都很强烈，因为她知道自己只有三天的时间。

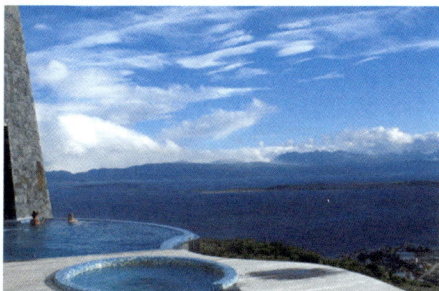

　　而我们每个人，哪怕活到九十岁，也只有三万多天，但我们好像总是忘了自己一定会死亡这个事实。偶尔参加同事的追悼会，或者家里有老人去世，才忽然感慨一番，对自己做一些反思，始觉"该做的未做，不该做的却一直在做"等等。但是睡了一夜就又很快忘记了，一切如故。

　　直到七老八十了，忽然发现自己的一生走了很多弯路，留下很多遗憾，而且有些已经永远都不能弥补了。

　　比如，父母的年事越来越高，你想着等空一点带他们出去旅游，冷不丁哪一天其中一个忽然一病不起，让你再也没有机会陪伴他们成行，空留下"子欲养而亲不待"的遗恨。比如你想着有一天抽出时间探望你的恩师，说一声谢谢，但因为忙，因为你觉得不是太着急，于是一拖再拖。直到有一天，你忽然得到消息，恩师作古了，他甚至不知道你有过这个念头。于是，你会深深地心痛、自责、后悔，但一切都来不及了。

所以，我们要尽早给自己列一份清单，把自己想做的和必须做的事一件件列出来，完成一件就划掉一件，需要增补的及时增补。有这样一份不断增删的清单伴随我们，人生才会少一些遗恨和错过。

是啊，岁月总是越过越少，不管是谁。

山河在，日月依旧，历史会延续，但是已是不同年代不同人的历史了。

我们不能决定生命的长度，但是却能在一定程度上决定生命的质地。比如，不要钱在银行，人在天堂。比如及时宽宥自己和他人（如果对方仅仅是一时糊涂）。比如把破财当消灾，把失败当过客，因为无谓的悔恨只能是对自己更大的伤害。比如对另一半好一点，因为是他或她陪伴你经历欢笑与泪水、成功与失败，始终不离不弃。

把每一天当作最后一天，才会明白人生在世，到底孰轻孰重。